Não Fadarei, Não Mais Fadarás

Eduardo Borsato

NÃO FADAREI, NÃO MAIS FADARÁS

LIVRE ADAPTAÇÃO DE CONTOS POPULARES,
LENDAS E HISTÓRIAS DE FADAS

1ª Edição
POD

Petrópolis
KBR
2012

Edição e revisão **KBR**
Editoração **APED**
Capa **KBR sobre arquivo Google**

Copyright © 2012 *Eduardo Borsato*
Todos os direitos reservados ao autor

ISBN: 978-85-8180-009-7

KBR Editora Digital Ltda.
www.kbrdigital.com.br
atendimento@kbrdigital.com.br
24 2222.3491

B869.3 — Ficção e contos brasileiros

 **Eduardo Borsato** é teatrólogo, contista e novelista. Foi *ghost-writer*, redator da Rede Globo e adaptador de novelas de televisão para bolso e livro. Por dez anos, editou *house-organs* e jornais de bairro. É autor de *Minha filha também*, pela KBR.

Site do autor: http://www.eduardo.borsato.nom.br/
E-mail: contato@eduardo.borsato.nom.br

A tradição popular encarna infalivelmente os vitoriosos do amor e da fortuna nos pobres, nos humilhados, nos desprotegidos. Nisto reside a suprema ironia e a suprema bondade do folclore.

Câmara Cascudo, *Contos Tradicionais do Brasil*

Sumário

O Chapeuzinho Vermelho

— Não fale com estranhos.
— Tá bem, mamãe.
— Não entre por atalhos na floresta.
— Tá bem, mamãe.
— Não fale com o lobo mau.
— Tá bem, mamãe.
— Trate muito bem sua vovozinha.
— Tá bem, mamãe.
— Leve pra ela estas guloseimas.
— Tá bem, mamãe.

Na floresta
— Tomei esse atalho.
— Tou vendo.
— Pra te encontrar.
— Tou vendo.
— Tou apaixonada.
— Hun...
— Por teu olho enorme.
— Hun...

— Por tua boca tão grande.
— Hun...
— Por teu focinho tão... tão...
— Hun...
— Por tuas orelhas cabeludas.
— Hun...
— Por teu bafo tristonho.
— Hun...

A vovozinha
Cortaram-lhe a perna esquerda.
— Ui.
Cortaram-lhe a perna direita.
— Ui.
Cortaram-lhe os dois braços.
— Ui, ui.
Deceparam-lhe a língua.
— Ahn.
Arrancaram-lhe o coração, os rins, o fígado, o baço.
— Comeram?
— Com o maior prazer.
— Tudo assado?
— E frito.
— Com mostarda?
— E ketchup.

Ai, mamãe
— Não fale com estranhos.
— Tá bem, mamãe.
— Não entre por atalhos na floresta.
— Tá bem, mamãe.
— Não fale com o lobo mau.
— Tá bem, mamãe.
— Não...

A MENINA DO LEITE

Era um pote cheinho.
Cheinho de leite e de
sonhos.
E Graziela era a dona
 do leite.
Mas queria ser a dona
dos sonhos.
Queria, queria, mas tanto
que já nem sonhava:
ela era toda o sonho.
Coitada...
Deu um tropeço — e perdeu o leite.
Abriu os olhos — e perdeu os sonhos.

A Bela e a Fera

ou O destino não perdoa

— Eu vou, pai.
— É um monstro.
— Eu vou.
— Vai te devorar.
— Mesmo assim.
— Não vou deixar.
— Se eu não for...
— E não vai.
— ...ele vem aqui e devora todos nós.

— Era comerciante.
— Rico?
— Muito.
— Ficou à míngua.
— E as filhas?
— Três.
— Seu consolo?
— Acima de tudo, Bela.
— A mais nova?

Flashback 1

Viajaria para outra cidade, realizaria ótimos negócios, recuperaria a perdida fortuna.

— Me traga um rico piano de cauda — pediu a filha mais velha.

— Me traga o mais belo vestido de seda — pediu a filha do meio.

— E você?

Bela ficou calada. Ele insistiu e insistiu. Ela calada ficou e ficou, até que respondeu:

— Me traga a mais bela flor do mais belo jardim que encontrar.

— Encontrou?

— Os negócios goraram.

— Encontrou?

Flashback 2

Nos negócios baldado,
na floresta desnorteado,
ao longe luzes avistou.
Delas se aproximou.
Era um palácio.
Nele entrou.

Palácio entrado, ninguém o recebeu. De repente, do nada um mordomo surgiu. Conduziu-o à lauta mesa posta, um banquete, que a ele muito apeteceu. Depois do jantar, a um quarto foi levado e, cansado, nele passou a noite, dormido, adormecido.

No dia seguinte,

na hora de se ir,
viu no lindo jardim
rosa belíssima,
tão bela a ponto
de fazer um coração
se partir.
Colheu-a.
À sua filha
a levaria,
seu pedido
satisfaria.

A aparição

Fera: Ah, então é assim que sou pago pela acolhida que lhe dei? Rosas são meu único alimento. Mesmo a falta de uma só pode me causar o mais fundo sofrimento.
— Eu não sabia. Tome-a da volta.
— Não. Quero sua filha, a quem você a daria.

De como domar uma fera

Pegue uma ceroula que o monstro tenha usado por sete dias e sete noites seguidas. Sem lavá-la, faça com ela uma fronha para seu travesseiro. Durma com esse travesseiro 11 noites seguidas. Na décima segunda noite, coloque a fronha de molho. Deixe o molho dourar com o seu sujinho e o sujinho do monstro uma noite inteira, no sereno da madrugada.

Depois, ferva toda a água, prepare com ela um caldo. Com uma parte dele, unte sua genitália e não a lave por seis meses. Com a outra parte, prepare uma porção de feijão mulatinho ou fradinho. Tempere com azeite de dendê, sal, camarão seco, cebola, alho bem ralado. Sirva acompanhado com uma poeira de farinha, numa noite de céu estrelado. O monstro para sempre será domado.

— A Fera comeu a Bela?

— Tentou.

— Tentou?!

— Durante seis meses.

— Mas...

— Quatro vezes durante o dia, cinco vezes durante a noite.

— E ela?

— No início, aturou.

— Aturou?!

— Depois detestou.

— Detestou?!

— O tamanho.

— Tamanho?!

— Do piu-piu.

— Hein?

— Três centímetros, em sinal de alerta.

— E o pai?

Alegre fiquei.
Alegre fiquei.
Um monte de ouro
ele me deu.
Para casa rico voltei.

— E as irmãs?

Alegre ficamos.
Alegre ficamos.
No bem bom
a viver
passamos.

— E a Fera?

Tudo lhe dou.
Minh'alma,
meu tesouro.
Minha prata,
meu ouro,
joias do mais
fino lavor.

— Mas não aplaca o meu ardor.

Dou-lhe da vida
o segredo.
O segredo da graça,
da crença,
da coragem,
do medo,
do frio,
do calor.

— Mas não aplaca o meu ardor.

Dou-lhe
da mais
longínqua
estrela,
do sol,
da lua,
a luz, o fulgor.

— Mas não aplaca o meu ardor.

Dou-lhe
dos deuses

a força,
das deusas a imagem,
de todos eles
o resplendor.

— Mas não aplaca o meu ardor.

Certo dia, ela entrou na sala do espelho mágico. Pelo mágico espelho, viu que sua irmã mais velha ia se casar.

— Se for ao casamento, não voltará.

— Volto.

— De amor morrerei.

— Já disse. Voltarei.

— Leve este anel.

— Pra quê?

— De mim não se esquecer.

— Já disse que...

— Três dias é o prazo.

— Prazo?

— Para eu viver ou morrer.

— Ela voltou?

— Assim que chegou, o anel tirou.

— E ele?

No escondidinho da floresta, com um mancebo qualquer, ela trepou e trepou. Depois de muito gozar, foi espairecer, um pouco andar. De novo o anel no dedo, da Fera se lembrou. Para o palácio se dirigiu, nele entrou. Logo no jardim, entre as rosas, o cadáver dele encontrou. Por longo tempo, ficou a olhá-lo. Apiedada, arrependida, talvez, um beijo na face lhe deu. Imediatamente, o cadáver da Fera no cadáver de belíssimo príncipe se transformou. Como a Fera pelado, ela, com um aperto no coração, não pôde deixar de reparar no quanto ele era bem dotado.

O PRÍNCIPE E A PLEBEIA

Bastou ao príncipe
a filha do mendigo olhar
para logo por ela se enredar.
Bastou à filha do mendigo
sentir do príncipe o ardor
para a ele dedicar fundo amor.
Bastou ao mendigo o pedido
do príncipe receber
para ele a mão de sua filha conceder,
mas a ele também
uma condição submeter:
durante de todo um ano o decorrer,
como príncipe ele não iria mais viver.
Ao contrário: como mendigo
deveria sobreviver.
"Ah, ah, ah", com real empáfia
o príncipe exclamou,
mas a plebeia exigência aceitou.
Das roupas reais se despiu,
roupas de mendigo vestiu,
roupas por dentro e por fora,

roupas difíceis de irem-se embora.
E pelo mundo saiu,
pedindo esmolas
por este mundão afora.
Com tal força do mundo real
tinha-se desvestido
que o outro abraçou, agradecido.
E a tal ponto que
a pobreza como realeza adotou.
Com a filha do mendigo se casou.
E, para sempre, sua vida
numa grande merda transformou.

João e o pé de feijão

A mãe — Memorial 1

Agente bota filho no mundo só pra sofrer. Bom, é o que dizem, né? Todo mundo. Então, por que é que comigo ia ser diferente? O meu João só me deu problema. E muito. Mas difícil mesmo foi depois da morte do pai dele. Parece até que ele ficou meio aloprado, sei lá. Meteu o pau em todo o dinheiro que o pai tinha deixado. Era pouco, não era lá essas coisas, não. Não era mesmo. Mas dava pra gente ir tenteando. Pois é. Magine, até esse pouco ele gastou. Ralhei muito com ele: "Diabo de filho que tu é! Torrou nossa grana todinha. Não podemos mais comprar nem um pedaço de pão. Sobrou só a nossa velha vaquinha."

Pois ele passou a vaca nos cobres também. Vendeu ela pro espertalhão do açougueiro. Quer dizer, vendeu não. Trocou ela por um punhado de grãos de feijão. O bandido do açougueiro disse que os grãos eram mágicos. E o bobão acreditou. Grande otário. Quer dizer, no início foi o que eu pensei. Fiquei com tanta raiva, briguei tanto que ele chegou a chorar. Aí eu joguei aquela porcaria daqueles grãos pela janela e a gente foi dormir com a barriga roncando de fome. Pois não é que no dia seguinte o diabo dos grãos tinham virado uma árvore de tronco tão grosso e tão alto que sumia lá no céu?! Credo! Pensei até que fosse coisa do tinhoso. João subiu pelo tronco, desapareceu no meio das nuvens. Pra onde ele foi? Sei lá. Ficou sumido tanto tempo que eu cheguei a pensar que ele tinha morrido. Só depois de não sei quantos dias ele voltou. Vinha todo pimpão. E, magine, trazia debaixo do braço uma galinha que botava ovos de ouro. Era só mandar, lá vinha o ovo. Pode?

A fada
    Gostei dele. Não era mais que um rapazinho. Tinha os cabelos louros, revoltos, os olhos muito vivos. Me pareceu inteligente. "Eu era a fada de seu pai", disse-lhe. "Só que, como os humanos, as fadas também estão sujeitas a leis, pagam quando erram. Pois é, foi o que aconteceu, quando seu pai precisou de mim. Eu tinha perdido os poderes. Não pude ajudar."
    — Minha mãe quase nunca fala de meu pai. E quando eu pergunto...
    — Ela não pode.
    — Não?
    — Foi obrigada.
    — Por quem?
    — Pelo gigante.
    — Gigante?! Que gigante?
    — Sócio de seu pai.
    — Sócio?
    — Seu pai era muito rico.
    — Mas...
    — O gigante o matou.
    — Oh!
    — Roubou tudo o que ele possuía.
    — Oh!
    — Obrigou sua mãe a não lhe contar nada.
    — Oh!
    — Se contasse, ele matava também vocês dois. Meus

poderes voltaram no dia em que você foi vender a vaca. Fui eu que fiz você trocá-la pelos grãos de feijão, fui eu que fiz o pé de feijao crescer tanto e tão depressa, fui eu que...
— E agora?

Pai
— Você vai matar o gigante.
— Cumé que é?!
— Livrar o mundo daquele monstro celerado.
— Peraí, pai.
— Recuperar a fortuna que aquele bosta me roubou.
— Sei, mas...
— Ele mora aqui perto.
— Pai, escuta...
— Numa casa grande, parece até um castelo.
— Porra, pai!
— Que foi?
— Cumé que se mata um gigante?
— Sei lá.
— Tou fodido.
— Siga seus instintos. Deixe a coisa acontecer.
— Tou fodido.

A mulher do gigante
— Ai, que susto!
Estava varrendo o jardim, quando ele me bateu no ombro.
— Quem é você? Qué que você quer?
Ele disse que tinha vindo de muito longe. Estava muito cansado, morrendo de fome, morrendo de sede. Queria só um pedaço de pão, um lugar pra dormir.
— Meu marido é muito bravo. Não suporta estranhos. Não posso deixar você entrar. Se ele descobre, mata a gente.

Ele então começou a chorar, abriu o maior berreiro. Era quase um menino, bonitinho, os olhos azuis, o cabelinho encaracolado. Aquilo me partiu o coração. Principalmente porque ele insistia que estava com muita fome, muito cansaço.

— Tá bem, tá bem. Entra, mata a fome, descansa. Eu te escondo. Mas amanhã, bem cedinho, some, não me aparece mais por aqui.

Ele já estava acabando de comer quando meu marido chegou.

João

O gigante bateu na porta. Batida tão forte que a casa chegou a estremecer. Ficamos morrendo de medo. E agora? Corri os olhos em torno.

— O forno tá apagado?

— Está.

— Me esconde dentro dele.

O gigante entrou. Era enorme, muito maior do que eu imaginava. Tinha voz de trovão. E era um chato que logo começou a implicar com tudo, a brigar com a mulher.

— Traz a minha janta!

Nunca vi alguém comer tanto. Assim que ele acabou, foi logo gritando:

— Traz a minha galinha!

Ela colocou uma linda galinha em cima da mesa. Ele ordenou:

— Bota um ovo!

A galinha botou.

— Bota outro!

A galinha botou.

— Outro!

Veio esse e mais outro e mais outro, até que ele se cansou da brincadeira, caiu no maior sono. Saí do meu esconderijo, peguei a galinha, sumi pela estrada.

A mãe — Memorial 2
Todo dia tinha uma porção de ovo de ouro, que a gente vendia logo, logo. Nunca vi tanto dinheiro. A gente agora tinha tudo o que queria: roupa da boa, comida da melhor, a casa mais bonita da aldeia, criados, criadas, um vidão. João, se quisesse, podia até pensar em frequentar a corte. Viver entre a nobreza, reis e rainhas, príncipes e princesas. Já imaginou? Em vez disso, um belo dia ele subiu de novo no pé de feijão, desapareceu lá no céu.

O Pai — O retorno
— João!
— Hein?
— Você é o culpado.
— Culpado, pai?
— Não tenho mais sossego.
— Não?!
— Não tenho mais calma.
— Não?!
— Paz de espírito.
— Também não?
— Fome.
— Não?!
— Sede.
— Não?!
— Não.
— Mas por que, pai?

— Já disse. Você é o culpado.

— Mas culpado do quê?

— De não ter matado o gigante.

— Pai...

— Você prometeu.

— Roubei a galinha dos ovos de ouro.

— E daí?

— Minha mãe está feliz.

— E daí?

— Eu também.

— E daí?

— Nossa vida melhorou.

— Eu piorei.

— E daí?

—Já disse.

— E daí?

—Também já disse. Você precisa matar o gigante.

— Roubar o que ele tem não foi um castigo melhor?

— A morte é o castigo final. É o que ele merece.

— Mas como se mata um gigante, pai?

— Sei lá.

— Tou fodido.

— Deixe a coisa acontecer. Siga seus instintos.

— Tou fodido.

Narrativa

— João matou?

— Foi à casa do gigante.

— Matou?

— Conseguiu entrar.

— Matou?

— Arranjou um bom disfarce. A mulher não o reconheceu.

— Droga! Matou ou não matou?

— Veio outra vez com aquela lenga-lenga de estar com muita fome, muita sede, muito cansaço...

Fiquei até com pena dela. Disse que o gigante botava a culpa nela pelo roubo da galinha. E era maltrato em cima de maltrato. Mesmo assim, ela me levou até a cozinha, me deu de comer, me escondeu dentro do armário. Daí a pouquinho, o gigante chegou, foi logo dizendo que estava sentindo cheiro de carne fresca.

— Foram os urubus.

— Que urubus, mulher? Não vi nenhum.

— Hoje de manhã.

— Hun...

— Deixaram um pedaço de carne no telhado.

— Hun...

— Aí o gigante se empanturrou de comida, adormeceu, João o matou,voltou pra casa?

— O gigante comeu, pediu à mulher que lhe trouxesse dois sacos cheios de moedas de ouro.

— Ora...

— Queria brincar um pouco com elas.

— Brincar?!

— E contá-las. No dia seguinte, ia substituí-las por pedras preciosas.

Do esconderijo, vi os sacos com as moedas. Tinham sido de meu pai. Aí eu senti uma vontade danada de roubar. Foi o que eu fiz, assim que o desgramado do gigante adormeceu. Depois, corri pela estrada, desci mais que depressa pelo tronco do pé de feijão.

Durante quase três anos, nossa vida foi uma beleza. João comprou terras, casas, viajamos, conhecemos outros reinos. Só que coisas tão boas assim não duram pra sempre. Pois é. Um belo dia, João subiu de novo no bendito pé de feijão, foi subindo, foi subindo...

— João!

— Já sei, pai. Sou o culpado.

— É... você tem que....

— Como é que se mata um gigante, pai?

— Sei lá.

— Tou fodido.

— Siga seus instintos. Deixe as coisas acontecer.

— Tou fodido.

— João usou um disfarce tão bem feito que a mulher não o reconheceu. E depois de ele muito implorar, ela o deixou entrar.

— Ele comeu, depois matou o gigante e...

— A mulher escondeu João dentro de um grande caldeirão.

— Tou sentindo cheiro de carne fresca.

A mulher inventou desculpa em cima de desculpa, mas dessa vez o gigante não engoliu nenhuma delas. Pôs-se a revirar tudo. Foi até o caldeirão, botou a mão na tampa. João se borrou de medo. *Pronto. Tou perdido.* Não estava. Sabe-se lá por que, o gigante desistiu de abrir o caldeirão, foi jantar. Assim que acabou, virou-se para a mulher:

— Me traz a harpa.

Ela trouxe. Era uma harpa mágica.

— Toca.

A harpa começou a tocar uma melodia lindíssima. O gigante pôs-se a ouvir. Mas, mau apreciador da boa música, logo pegou no sono. Mais que depressa, João saiu do esconderijo, pegou a harpa, ganhou a estrada. Encantada que era, a harpa, assim que se viu em mãos estranhas, começou a gritar. O gigante acordou.

— Ah, então foi você que roubou minha galinha, meu dinheiro e agora ia roubar minha harpa?! Pois vou te pegar! Vou fazer picadinho de você!

— Experimenta!

João começou a correr. Sabia que o gigante, com o estômago cheio do tanto que comera, dificilmente o alcançaria. Num instante, desceu pelo pé de feijão. Assim que chegou, pediu à mãe que lhe trouxesse um machado, mais que depressa cortou o tronco da árvore. O gigante despencou lá de cima, bateu com a cabeça no chão, deu um gemido, virou para o lado, estrebuchou, morreu.

— João!

— Taí o gigante, pai, mortinho da silva.

O pai deu um risinho maroto, tirou-lhe o machado das mãos, cortou-lhe a cabeça.

— Qué que você tá fazendo?! Qué que você tá fazendo?! — gritou a mãe.

Ele cortou a cabeça dela também.

Com a fortuna recuperada pelo filho, comprou um belo castelo, com a fada madrinha se casou, tiveram muitos filhos, foram felizes para sempre.

DEUS, O VEADINHO

Disfarçado de veadinho,
Deus pelo mundo saiu,
a fim de aqui descobrir
onde a maldade reinava,
onde a bondade a todos bafejava.
Florestas e florestas correu,
matas e matas pisou,
e nada: nem a bondade
nem a maldade encontrou.
Já estava ao céu disposto a voltar,
quando um caçador
acabou a com ele topar.
"Que veadinho bonitinho.
Vou comer esse bichinho."
Nele atirou, ao Deus matou.
Morto,
o Deus implorou
que ninguém o descarnasse,
que ninguém o desossasse.
Morto,
o Deus implorou

que ninguém o assasse,
que ninguém o devorasse.
Morto o Deus,
o caçador o descarnou.
Morto o Deus,
o caçador o desossou.
Morto o Deus,
o caçador o assou.
Morto o Deus,
o caçador o devorou.
Dentro da barriga do homem,
Deus implorou para sair.
O caçador disse
que ele podia desistir.
Ali estava preso,
não podia se libertar
nem pela boca,
nem pelo nariz,
nem por qualquer outro lugar
como qualquer infeliz.
Ponderado, Deus a tudo escutou.
Ponderado, uma solução encontrou:
fez o homem explodir.
Da explosão, todo mundo viu
um veadinho sair.
Alegre, saltitante,
pelas florestas a correr, esvoaçante.
Deus com o homem
não ficou zangado.
Só que não mais o teve
como um ser amante,
não o teve mais
como um ser amado.

Os três companheiros ou
Muito barulho por nada

Era uma vez três amigos: um bombeiro, um soldador e um ladrão. Cansados da vidinha que levavam, resolveram correr mundo.

— E daí?

— Daí?

— Isso não dá um conto.

— Tinham um cavalo encantado...

— Mesmo assim.

— ...que respondia a todas as perguntas. Montados no cavalo encantado, chegaram a um reino.

— Insisto: e daí?

— No reino, só havia tristeza, choro, agonia.

— Por quê?

— A princesa...

— Hun...

— Tinha sido sequestrada.

— Sequestrada?!

— Por uma horrorosa serpente.

— Hun...

— Quem a salvasse...

— Com ela se casaria.

— ...e ficaria rico, teriam muitos filhos, seriam felizes para sempre.

— O que é que tem demais?

— Ora, isso já está muito manjado.

— Eles consultaram o cavalo encantado, que disse: "Façam uma canoa de folha-de-flandres". Os três navegaram, pararam bem em cima do palácio da serpente.

— Quem desceu?

— Discutiram e discutiram.

— Quem?

— O ladrão.

Viu no fundo do mar um palácio enorme. Na frente dele, a enorme serpente, a bocarra aberta de fazer medo. Enorme medo o tomou. Subiu.

De novo consultado, o cavalo encantado explicou que a serpente assim dormia. Acordada, ficava de boca fechada. A chave do palácio estava debaixo de seu rabo.

— Voltaram?

— O ladrão de novo desceu.

— A chave roubou?

— Como bom ladrão. E a princesa libertou.

Já estavam de volta, quando a serpente, furiosa, apareceu. Era morte certa.

— O que fizeram?

— O bombeiro nela uma bomba jogou.

— E?

— A serpente explodiu. Mas...

— Mas?

— O bote começou a fazer água.

— Afundou?

— O soldador tapou os buracos. Chegaram ao reino, foram saudados com fogos e vivas.

— Com quem a princesa se casou?

— Bem...

— Quem?

— Os três ela mandou enforcar, fez a serpente ressuscitar e com ela voltou a morar, feliz, no fundo do mar.

DILÚVIO

Jesus morou no Brasil,
no Ceará, em Fortaleza,
numa meia-água,
na Rua Maria Quitéria, 33.
— Tinha pulga?
— Tinha.
— Tinha carrapato?
— Tinha.
—Tinha jerimum?
—Tinha.
—Tinha carne de sol?
—Tinha.
—Tinha cangaceiro?
—Tinha.
—Tinha cordel?
—Tinha.
Jesus vivia ao Deus dará.
De vez em quando,
pintava o céu de azul-turquesa.
Ou, só de brincadeira,
transformava um barão

em baronesa.
Ou, quando de mau humor,
fazia do preto branco,
ou do branco preto,
o que no povo causava
fundo estupor.
Malquerenças então
pôs-se ele a amealhar,
a ponto de ninguém
mais o suportar.
O povo inteiro se reuniu
e chegaram à conclusão
de que Jesus
não era bom caráter,
pelo contrário,
era sujeito muito vil.
Só restava, portanto,
dele se livrar.
O que fazer, no entanto?
Sem qualquer pranto,
uma canoa construíram,
nela o jogaram,
no mar o abandonaram.
Na canoa, nenhuma comida,
nenhuma gota d'água botaram.
De fome e de sede,
quase Jesus mataram.
Ao céu chegado,
puto da vida,
Jesus resolveu
que devia ser vingado.
Com o Pai conversou,
concluíram que aquele povo
se achava em fundo pecado.
Fizeram-no, então,

cabeça de melão ganhar,
a fala arrastar,
o pescoço achatar
o dia inteiro arrotar,
a noite inteirinha peidar.
Mas, inda achando
diminuta a punição,
outra bolaram:
durante sessenta dias
e sessenta noites,
fizeram, além do Ceará,
sobre todo o Brasil chover.
Até hoje esperam
o que das águas
irá aparecer.

Joãozinho e Maria

JOÃOZINHO
Ouvi papai dizendo pra mamãe
que vai me deixar na floresta,
porque não tem
como nossos dez irmãos alimentar.

MARIA
Eu vou com meu gêmeo irmão,
para aliviar
de nosso pai e
de nossa mãe
toda e qualquer aflição.

NARRADOR
Só que Joãozinho
era mais esperto
do que parecia.
Levou no bolso pedrinhas
para lhe indicar o caminho
pelo qual voltaria.

PAI
Muito surpreso fiquei,
mas, no fundo,
até que gostei.
Dinheiro de um
devedor recebi,
com ele pude
aliviar minha dor.

NARRADOR
Por pouco tempo.
Logo de novo
a ingrata fome os apertou.
Então deixar na mata
Joãozinho e Maria
ele de novo arquitetou.

MARIA
Só que agora,
em vez de pedrinhas,
Joãozinho levou no bolso
pedacinhos de pão.
Deixados pelo chão,
pelos pássaros
foram devorados.
Ele e eu, então,
na floresta
ficamos,
desnorteados.

NARRADOR
A casa de bolos
de açúcar era feita.
Havia cantos e alegria,
e os dois

entraram naquela folia.
Comeram de se fartar.
Fartos,
ouviram uma voz
a lhes perguntar:
— Quem está bulindo aí?

JOÃOZINHO
Logo a voz reconheci.

MARIA
Era a velha fada papuda.

JOÃOZINHO
Que para um quarto nos levou
e nele nos trancou.

NARRADOR
De comida os entupiu.
Todo dia eram quitutes,
doces, manjares,
coisas como jamais se viu.
Queria-os bem gordinhos
para devorá-los fritos
ou bem assadinhos.

JOÃOZINHO
Além de velha,
muito feia,
era quase cega a papuda fada.
Sendo dia ou sendo noite
não enxergava quase nada.

NARRADOR
Passava-lhes a comida
por um buraco na porta aberto.

Por esse mesmo buraco
sabia se engordavam ou não,
examinando-lhes o dedinho,
bem de perto.

JOÃOZINHO
Uma lagartixa matei,
e dela o rabinho à papuda
sempre mostrava.

PAPUDA
Como estão magrinhos.
Não engordaram quase nada.

NARRADOR
Só que Maria, bobinha,
o rabo da lagartixa perdeu.
E à Papuda mostrou
um mindinho tão gordinho
que ela exclamou:
— Que maravilha!
Estão no ponto
os meus netinhos.
Agora é só comê-los,
de preferência bem devagar
saboreando-os aos pedacinhos.

JOÃOZINHO
Mandou a gente do quarto sair.
Um farto jantar
fez a gente comer.
De madrugada me pediu
que lenha fosse buscar,
lá fora já cortada,
era só para dentro levar.

Fiquei tontinho,
pois sabia que aquela lenha
era para nos cozinhar.
Foi quando estranha
voz ouvi,
voz mais forte
que a de um bem-te-vi.

SENHOR
Joãozinho,
leva a lenha
para dentro,
mas dela disponha
como mais lhe convenha.

JOÃOZINHO
De que jeito, Senhor?

SENHOR
A Papuda duas fogueiras
vai fazer.
Uma tábua entre elas
vai colocar.
E vai pedir
para você e sua irmã
por ela atravessar.
Diga que não sabe,
peça a ela para lhes ensinar.

JOÃOZINHO
E daí, Senhor?

SENHOR
Quando ela bem
no meio da tábua estiver,

joguem-na no fogo.
Não tenham piedade.
Ela é Satanás,
disfarçado de fada Papuda,
disfarçado de velha mulher.

PAPUDA
Água, meus netinhos!
Por que no fogo
me empurraram?
Ai, ai,
eu queimo.
Que enorme ingratidão.
Isso não lhes parte
o coração?

JOÃOZINHO
Em vez de água,
te dou azeite,
Papuda porcalhona,
que no mundo
só fez vergonha.

NARRADOR
Com o azeite
no corpo derramado,
a Papuda explodiu,
como foguete,
em dia de folguedo anunciado.

JOÃOZINHO
Papuda morta,
O lugar inteirinho vasculhamos
e tesouro em cima
de tesouro
encontramos.

MARIA
Para casa voltamos.

NARRADOR
Sua intenção era
os irmãos da fome para sempre
libertar.
Mas e o pai e a mãe?

SENHOR
Deles não tenham pena.

JOÃOZINHO
Mas...

SENHOR
Não gosto de fazer sermão.
Olho por olho,
dente por dente.
Você sabe como agir.
Não seja burro,
seja inteligente.

NARRADOR
Duas enormes fogueiras
fizeram.
Entre elas uma tábua
estenderam.
Mandaram que o pai
e a mãe por ela passassem.
No meio do caminho,
a tábua tiraram.

PAI/ MÃE
Ai,
que nos matam.
Água! Água! Meus filhinhos!

NARRADOR
Em vez de ajuda,
azeite sobre eles jogaram,
do mesmo jeito
que com a Papuda.
E como a Papuda
os dois explodiram,
viraram pó.
Nos quintos dos infernos
foram parar,
sofrendo como Jó.
Joãozinho e Maria
com os irmãos
para sempre viveram.
Cada um deles rico,
enricado,
no inverno curtiam
cobertor quentinho,
no verão
gostoso ar refrigerado.

E entrou por uma perna de pato
e saiu por uma perna de pinto.
Mandou El-Rei Meu Senhor
que me contassem cinco.

Almofadinha de ouro ou
Exu Papão

Mocinha
Sou jovem, sou bela, não sei por que tanto me fazem sofrer. Lavo a casa, o chiqueiro, faço a comida, trabalho a noite, o dia inteiro.

Madrasta
Não seja ingênua. Nesta casa não há lugar pra você.

Mocinha
Não estou tomando o lugar de ninguém.

— Estava?
— O quê?
— Tomando o lugar de alguém.
— Da filha legítima.
— Boa moça?
— Jararaca.

O pedido
Ave Maria,
cheia de graça,
da senhora
sou devota.
E lhe peço:
me livre de tanta desgraça.
Em nome do Senhor,
me ilumine.
Que caminho seguir?
Me ensine outra rota.
Essa o meu espírito
não mais suporta.

— A Virgem ensinou?
— Calma.
— Ensinou?
— São insondáveis os desígnios do Senhor.

Historinha
A velhinha pela estradinha caminhava.
— Era coroca?
— Não, senhor.
— Comia pipoca?
— Não, senhor.
— Tinha soluço?
— Não senhor.
— Cabelo ruço?
— Não, senhor.
— Pintava o buço?
— Não, senhor.
— Que fazia então a velhinha na estradinha?
— Apoiada na bengalinha, estava à espera da mocinha.

Tinha fugido a mocinha. Levava apenas às costas uma trouxinha com suas coisinhas. Já era noitinha quando viu a velhinha.

— Não tenha medo.

— Não tenho.

— Tem, sim.

— Adivinhou?

— Eu sei de tudo.

— Quem contou?

— Trouxe-lhe essa almofadinha.

— De ouro?!

— Presente.

— Mas...

— Encantada. Faz milagres.

— Mesmo?

— Peça o que precisar.

— Qualquer coisa?

— Ela dará.

— Mas...

A velhinha se esfumou.

O castelo

A mocinha andou, andou a noite inteirinha. Quando o dia estava prestes a raiar, um lindo castelo acabou por encontrar.

— Nele vou trabalhar.

— Trabalhou?

— Primeiro se pôs feia.

— Feia?

— O belo rosto sujou, a roupa rasgou.

— Trabalhou?

— Andava tão imunda que...

— Trabalhou?

— ...puseram-na para cuidar das galinhas e dos porcos.

O príncipe

Rápido o tempo passa. Breve serei rei, mas para quem o futuro deixarei? Preciso uma princesa encontrar, com ela me casar, muitos herdeiros no mundo botar.

As casadoiras

—Três dias de festas o príncipe vai dar.

— Ah, do príncipe serei a princesa.

— Princesa serei eu.

— Eu! E lhe darei um rei, nova realeza.

O 1º vestido

Almofada, almofadinha, não deixe de me ouvir. Quero um vestido cor do campo com suas flores, e uma carruagem com criados. Almofada, almofadinha, me dê o que acabo de pedir.

O 1º baile

Encantado, o príncipe só com ela dançou. Deu-lhe de presente um anel. E quando, à meia-noite em ponto, ela se foi, desolado ele ficou.

O 2º vestido

Quero um vestido cor do mar com todos os seus peixinhos. Almofada, almofadinha, me dê o que acabo de pedir.

O 2º baile
Cada vez mais encantado, o príncipe só com ela dançou. E com um par de brincos de ouro a presenteou. Só que, quando ela partiu, à mesma meia-noite, desolado ficou.

O 3º vestido
Quero um vestido cor do céu com todos os seus astros.

O 3º baile
Mais uma vez, encantadíssimo, só com ela o príncipe dançou. Com um colar de pérolas a presenteou. E quando, à meia-noite, ela pela última vez se foi, ele empalideceu, de amor recolhido adoeceu, no quarto se trancou. Recusava-se a comer, que a morte o levasse, se a desconhecida do baile não encontrasse.

A 1ª joia
A mocinha insistiu com a rainha velha, insistiu e insistiu em fazer para o príncipe um bolo gostoso, como nunca se viu. A rainha velha olhou para ela, suja e rasgada, e muito se riu. A mocinha não se conformou: fez um bolo dourado, dentro dele colocou o anel que do príncipe tinha ganhado no primeiro baile bailado.

Depois de muito beicinho, o príncipe aceitou do bolo um pedacinho. E nele achou o anelzinho.

A 2ª joia
Assanhado, pediu novo bolo feito pela mesma pessoa, pela mesma pessoa cozido e preparado. E nele achou o colar de pérolas que para a desconhecida tinha dado.

A 3ª joia
Dela o príncipe nem quis saber. Só queria quem fez os bolos conhecer.

— E a mocinha?

Almofada, almofadinha,
me dê a mesma roupa
do último baile,
igual, igualzinha.

O príncipe a viu, duro de amor caiu. Casaram-se, cinco filhos tiveram.

— E daí?
— O quê?
— Felizes para sempre?

A velhinha: o preço
A mocinha, agora princesa, para ela correu, com a maior presteza.

Virgem,
quero lhe agradecer.
Foi a senhora
que mudou meu destino,
foi a senhora que deu
à minha vida outro tino.

— A velhinha muito se riu, para o lado cuspiu.
— A Virgem cuspiu?
— E explodiu.
— Explodiu?!
— Era Exu. De Virgem disfarçado.

— Exu?!

— Papão.

— Papão?!

— Papa-princesa.

— Papou?

— Papou.

— Os filhos?

— Papou. E a velha rainha, toda a realeza. E voltou para as profundezas.

— A almofadinha?

— Tinha vindo cobrar.

— Ué, milagre não é de graça?

— De graça, não passa a ser desgraça?

A MENINA DOS BRINCOS DE OURO
OU EVA NO PARAÍSO

A mãe, embora má,
ruim feito uma serpente,
deu à filha, de nome Eva,
raro presente:
um par de brincos de ouro,
ouro lavrado, dezoito quilates,
um tesouro.
Acontece que Eva,
estouvada, bobinha,
na fonte onde se banhava
esqueceu os brincos,
a tolinha.
Num átimo,
à fonte voltou.
Em lugar dos brincos,
horroroso velho
nela encontrou.
O velho horroroso
Eva pegou,
colocou-a dentro de um surrão
e vaticinou:

em qualquer lugar
onde chegassem
ela ouviria
as seguintes rimas
que, alto e bom som,
ele ia trovar:
    "Canta, canta meu surrão,
    se não te meto este bordão."
Ao que ela devia replicar,
no mesmo tom entoar:
    "Neste surrão me meteram,
    neste surrão hei de morrer,
    por causa duns brincos d'ouro
    que na fonte me deixei esquecer."

Assim foi,
Eva vivendo seu paraíso,
o velho pontificando,
ela tudo aceitando,
com um sorriso.
Até que certo dia
numa grande cidade foram parar.
E a visão de Eva no surrão
a todas as mulheres
fez revoltar.
O velho então foi por elas pegado.
Pegado,
foi por elas embriagado.
Embriagado,
foi por elas, no lugar de Eva,
no surrão amarrado.
Amarrado,
foi por elas, em vingança a Eva,
espancado.

Assim,
Eva a liberdade conheceu,
e jamais a qualquer jugo
se submeteu.
A ponto de hoje
todo e qualquer homem,
sem qualquer piedade,
como se do horroroso velho
pagasse o pecado,
ser por Eva num surrão jogado
e com toda a violência esbordoado.

O Príncipe Lagartão

— A rainha engravidou.

— Com aquela idade?

— Hun, hun...

— Depois de tanto tentar?

— Hun, hun...

— Dizem...

— O quê?

— ...milagre.

— Milagre?

— Da Virgem.

— Mesmo?

— Como saber?

— E o parto?

— Já nasceu.

— Já?!

— Ontem. De madrugada.

— Menino ou menina?

— Nem menino nem menina.

— Hein?!

— Um lagartão.

Operários, uni-vos! Fora o rei! Fora a rainha! Fora os exploradores do povo! Viva a luta de classe! Viva o comunismo! Unidos venceremos!

— A rainha não tem leite.
— Contratou alguma ama?
— Vinte.
— Tantas?
— Ficaram sem o bico dos seios.
— Ora...
— O príncipe Lagartão comeu.

Operários, uni-vos! Abaixo o comedor de seios! Fora o Príncipe Lagartão! Viva os despossuídos! Viva os pobres! Viva a igualdade entre os homens! Viva o comunismo! Unidos venceremos!

— Minha rainha, posso alimentar o príncipe.
— Pode mesmo?
— Mande fazer seios postiços.
— Pra quê?
— Depois, é só encher eles de leite e fazer uma armadura.
— Peraí, peraí...
— Aí é só pendurar a armadura em meu peito. O príncipe vai chupar o leite através dela. Vai pensar que é um seio verdadeiro.
— Ah!
— Nunca mais vai comer bico de seio nenhum.

— Nosso filho já está em idade de se casar.
— Sei.
— E então?
— Como mãe, sofro.
— Por quê?

— Todas as donzelas do reino foram avisadas.

— E?

— Nenhuma se interessou.

— Disso também sei eu.

— E?

— Vou fazer um decreto que...

— Não é preciso, pai.

— Ora, se nenhuma te aceita.

— Já tenho uma noiva.

— Já?

— Eu escolhi.

— Quem?

— Maria.

— A que amamentou você?

— A que prestou esse serviço a mim e ao reino, mãe.

— Ela já sabe?

— Não, rei meu pai. Mande avisá-la. Pergunte se ela quer prestar esse novo serviço.

— Não é preciso, meu príncipe. Me dê três dias. Vou pedir a orientação da Virgem Santíssima.

Operários, uni-vos! O casamento real é uma hipocrisia! Abaixo o casamento real! Abaixo a hipocrisia! Unidos venceremos!

— Como foi a primeira noite, minha filha?

— Rainha minha...

— Me conta!

— Minha rainha...

— Me conta! Me conta!

— Tou com vergonha.

— Ora, do quê?

— A senhora sabe.

— Não sei, não. Conta.

— A senhora sabe, repito.

— Só sei que sou mãe de um lagartão.

— Não é.

— Não sou a mãe?!

— Ele não é um lagartão.

— Verdade?!

— No quarto, no escuro, troquei de roupa, me deitei.

— E ele?

— Ficou de pé, no meio do cômodo.

— Dava pra ver?

— Na penumbra.

— E aí?

— Ele começou a tirar sete capas.

— Capas?

— De lagarto. Que colocou no chão, uma a uma.

— E?

— De dentro delas apareceu um mancebo lindo de morrer.

— Oh!

— Ele se deitou na cama e... e...

— Me escuta, me escuta...

— O quê, minha rainha?

— Você não quer que ele seja para sempre esse belo mocetão?

— Ai, rainha minha.

— Então faça o seguinte: hoje à noite, vista sete calcinhas, virgens de uso...

— Virgens?

— ...molhadas com água de laranjeira.

— Pra quê?

— Fique sentada na beira da cama. Ele vai perguntar por que você não tira a calcinha. Você deve responder que só tira ao mesmo tempo que ele.

— Não entendi.

— Ele tira uma capa de lagarto, você tira uma calcinha.

— Ah!

— A cada peça tirada, você reza uma Ave-Maria.

— Só isso?

— Quando acabarem, estenda-lhe a mão e espete-lhe o dedo com a ponta desse espinho.

— Espinho?

— Tirado da cruz de Cristo, numa sexta-feira da Paixão.

Operários, uni-vos! Vamos transformar a sociedade! Vamos conquistar o poder! Vamos construir a nova ordem! Unidos venceremos! (cantando) Crime de rico, a lei o cobre/ O Estado esmaga o oprimido/ Não há direitos para o pobre/ Ao rico tudo é permitido/ À opressão não mais sujeitos / Somos iguais todos os seres/ Não mais deveres sem direitos/ Não mais direitos sem deveres/ Bem unidos, façamos/ Nesta luta final./ Uma terra sem amo/ A Internacional!

— Como foi?

— Como a rainha disse.

— Sem tirar nem pôr?

— O príncipe, no início, riu.

— Riu?

— Ele tinha sete capas, não tinha?

— Hun...

— Podia imaginar que ela tivesse sete calcinhas?

— Daí o riso?

— A cada capa tirada vinha uma Ave-Maria.

— E quando acabaram?

— Ela picou o dedo dele com o espinho santo.

— E daí?

— Aconteceu.

— O quê?

— Ele deu um grito, o encanto se desfez, as sete capas de lagarto se transformaram em sete lindos mantos, as sete calcinhas em flores de laranjeira, o quarto ficou claro como o dia, no meio dele brilhou, com todo resplendor, o lindo mocetão. Acordaram o rei e a rainha, todo o reino festejou, eles se casaram, foram muito felizes.

— Para sempre?

— Os operários se revoltaram, enforcaram o rei, a rainha, o Príncipe Lagartão e a princesa, e fundaram uma República Popular Democrática.

O ESPELHO MÁGICO

Um mocetão, belo mancebo, órfão de pai e mãe, achou que tinha chegado a hora de sair por este mundo afora, ser alguém na vida.

Caminhava por estrada erma quando, numa virada, deu com um formigueiro. Tinha o formigueiro a boca tampada por enorme pedra. Pedra que as formigas não conseguiam afastar por nada.

Bom coração, com todo o cuidado para não machucar nenhuma formiguinha, o moço a pedra tirou, a entrada do formigueiro liberou. Foi quando uma delas se adiantou:

— Se algum dia em alguma dificuldade você se encontrar, diga: venha o rei das formigas me salvar.

Mais adiante, encontrou um carneiro pendurado num arame. Livrou-o de posição tão infame.

— Se algum dia em alguma dificuldade você se encontrar, diga: venha o rei dos carneiros me salvar.

O mesmo com um peixe, que no raso de uma poça d'água se afogava, sem conseguir respirar, e que ele levou para o mar. E com um gavião que, a asa quebrada, por ele consertada, voltou a voar. Como a formiga, como o carneiro, prometeram, em caso de dificuldade, salvá-lo com toda a facilidade.

O mancebo caminhou, caminhou, a um reinado chegou.

Soube que lá havia um desafio. A princesa tinha um espelho mágico. Quem dele se escondesse, da meia-noite ao raiar do dia, e não fosse descoberto, com ela se casaria. Mas, se depois de três tentativas, fosse sempre localizado, a vida perderia.

O mancebo se habilitou.

Naquela mesma noite invocou, bem invocado:

— Valha-me o rei dos carneiros.

Depois do ouvido, veio o socorro pedido:

— Monte em minhas costas.

Para uma gruta foi levado, e lá ficou até de manhãzinha por um monte de carneiros acobertado.

No dia seguinte, o mancebo à princesa se apresentou:

— Onde eu estava escondido?

— Dentro de uma gruta, coberto por carneiros, pensando que do espelho mágico tinha fugido.

Na segunda noite:

— Valha-me o rei dos peixes.

Ouvido, veio o socorro pedido:

— Tubarão, engula o mocetão. Baleia, engula o tubarão. E vá para o fundo do mar, o lugar mais fundo, o fundo mais profundo.

No dia seguinte, diante da princesa:

— Onde eu estava escondido?

— Na barriga de um tubarão, por uma baleia engolido, pensando que do espelho mágico tinha fugido.

Na terceira noite:

— Valha-me o rei dos gaviões.

Para além das nuvens foi levado. Lá, outro gavião, maior que o rei, abriu as asas, manteve-o por elas acobertado.

— Onde estava eu escondido?

— No alto da mais alta nuvem refugiado, pensando que o espelho mágico tinha enganado.

Prazo esgotado, o mancebo à morte foi condenado. A princesa, contudo, dele se apiedou, pediu ao rei que adiasse aquela ferida. Ao mancebo foi então concedida derradeira pedida.

— Valha-me o rei das formigas.

— Você foi descoberto na terra, no mar e no ar. Mas o espelho não pode a própria princesa focalizar. Vou transformá-lo numa formiguinha, você no vestido dela vai-se esconder, o espelho nossa artimanha não vai perceber.

Dito e feito. O espelho mágico, para lá e para cá pela princesa virado, nada encontrou. Estava derrotado.

Espelho derrotado, risco riscado, o casamento foi marcado. A ele compareceram todos do reinado e mais os convidados. Dentre eles, o rei das formigas sobressaiu. E, quando viu a beleza da princesa, se inflamou. A tal ponto que, de formiguinha em formigão virou. Formigão virado, do mancebo o pescoço com o ferrão cortou, o mesmo fazendo com o rei, a rainha, os convidados.

Diante de semelhante matança, a princesa exclamou:

— Ai! — E desmaiou.

Então, estrondo enorme se ouviu. De dentro da fumaceira que se fez, um príncipe lindo surgiu. Pegou a princesa nos braços, e para o formigueiro a levou. E da memória dos homens toda essa história apagou.[1]

---

1 Nota: no fundinho do formigueiro, o príncipe Formigão muito e muito com a princesa trepou. Tanto que, como todos nós sabemos, o mundo de formigas inundou.

A TROCA

Das monjas,
da Virgem,
ela era a mais devota.
Das monjas, das virgens,
sua fé era a mais completa,
fé de ferro, de candor repleta.
Das monjas,
era a mais jovem,
a mais bela,
a que inspirava
a emoção mais singela.
Por isso, o Diabo
por ela se viu tentado.
Não teria sossego,
enquanto no chão
não derrubasse
aquele bastião,
enquanto não o
visse sem chama,
jogado ao léu,

coberto de lama.
Passou assim os sonhos
a lhe povoar,
os jejuns, os cantares,
as penitências,
a habitar-lhe o mais
fundo da consciência.
Em belíssimo mancebo
travestido,
levava-a a êxtases
jamais por ela
concebidos.

Santa Virgem,
me socorra.
Não deixe mais
que isso me ocorra.
O que fazer
para o pecado
evitar?
Santa Virgem,
não deixe mais
que isso me ocorra.
Me socorra.

Mas o Diabo tanto e tanto
a tentou,
que as maravilhas
por ele oferecidas
ela, por fim, aceitou.
Deixou de ser
a sacristã do mosteiro
para se tornar,
do reino,
a dona do mais imponente
puteiro.

O nome de guerra
Madame Dubois Deschamps
adotou
e pecou, pecou e pecou,
a tal ponto que o Diabo,
tendo-lhe a alma
e o corpo conquistado,
abandonou-a, enfastiado.
Assim o tempo passou,
ela à frente do negócio
dando conta do recado,
até que, certo dia,
voltando do mercado,
diante do mosteiro passou.
Impelida por força estranha,
da irmã porteira
se aproximou,
perguntou se não sentiam
falta da irmã sacristã,
que o convento tinha abandonado.
A outra deu
um riso bem dado,
respondeu que a sacristã
jamais o mosteiro
tinha deixado,
jamais tinha
sua fé abjurado.
Pelo contrário:
a cada dia,
mostrava pelas coisas santas
amor renovado.
Num átimo,
ela tudo compreendeu:
enquanto no puteiro
no pecado chafurdava,
a Virgem,

no mosteiro,
seu lugar ocupava.
Então,
o puteiro para sempre abandonou,
ao mosteiro para sempre
retornou.
Entre rezas
e água benta
seu tempo passava.
Até que certo dia,
ficou sabendo
que Madame Dubois,
como sempre,
no puteiro reinava.
Estupefata,
não podia
deixar de pensar:
se tinha sido
à perfeição,
pela Virgem substituída
no mosteiro,
quem agora,
à perfeição, a substituía
no puteiro?
Exausta de tanto cismar,
foi à Virgem orar,
na esperança de que ela
a ajudasse
a questão deslindar.
Por horas e horas,
quedou-se diante dela,
até que, erguendo os olhos,
encarou-a e a viu dar-lhe
sutil, mas indisfarçável
piscadela.

DIA SIM, DIA NÃO, HOMEM; DIA NÃO, DIA SIM, MULHER

Papo de anjo

— Tou desesperado!

— Tás?

— Meus quinze filhos...

— Qué que tem?

— Não posso mais sustentar...

— E daí?

— Daí... daí...

— Quê?

— Sei lá... sei lá...

— Livrar-se de um deles...

— Hein?!

— ...resolvia?

— Bom...

— Resolvia?

— Bem...

— Porra! Resolvia ou não?

— Resolvia, né?

— Escolha o mais velho.

— Uma menina.

— Maria Gomes?

— Ela.
— Abandona na floresta.
— Hein?
— Abandona na floresta, repito.
— Eu... eu...
— Obedeça!
— Mas...
— É ordem de quem sabe o que faz.

As bruxas

Consideradas por seitas gnósticas e evangelhos como o de Judas, constituem a categoria das infernizadoras que...
— Me ajudaram.
— Ajudaram?
— A encontrar um abrigo.
— Onde?
— Na floresta.
— Onde?
— Um casarão abandonado.
— Ora...

BRUXAS
Um violino encontrou. Sozinho, o violino tocou, tocou, tocou.

1º Dia — O vozeirão

— Maria Gomes!
— Quem me fala?
— O jantar está servido. A cama está feita.

2º Dia

Violino. Limpeza da sala.

— A comida está servida. Almoço e jantar. A cama está feita.

3º Dia

Violino, violino. Limpeza da sala e dos quartos.

— A comida está servida. Almoço, jantar e ceia. A cama está feita.

4º Dia

Violino, violino, violino. Limpeza da sala, dos quartos, de todo o casarão.

— A comida está servida. Almoço, jantar, ceia, café da manhã. A cama está feita.

5º Dia

— Teu pai morreu. Enterre-o. Leve quanto dinheiro quiser.

Amor de filha

— Pai, o senhor foi um bom filho da puta. Só vim pra me vingar. Pra dizer que agora tenho um protetor que me dá tudo. Vou dar muito dinheiro pra meus irmãos. Estou muito satisfeita por enterrá-lo. Seu anjo da guarda também é um grande filho da puta. Adeus.

O vozeirão

— Você vai para o reino vizinho. Conhecer o mundo.

— Preciso?

— Vai trabalhar como jardineiro real, por homem passar.

— Homem?!

— Mas a cara e o jeito de mulher vai conservar.

Confidências

Príncipe: — Mãe, pelo jardineiro estou apaixonado.

Rainha: — Um homem?!

Príncipe: — Não.

Rainha: — Não?!

Príncipe: — É mulher.

Rainha: — Tem certeza?

Vira vira

— Às segundas, quartas, sextas e domingos, sou mulher. Nos outros dias...

— Hoje é sábado.

— Pois é...

— Estou louquinho de paixão...

— Quer experimentar?

— Bom... quer dizer...

— Tou esperando.

— Bem... ativo ou passivo?

— Hoje não é sábado?

— É...

— Passivo.

— Ui!... Escuta...

— Que foi?

— Será que a gente... que a gente não podia deixar pra amanhã?

— Não.

— Tem certeza?

— É hoje ou nunca.

— Então...

— Então?

— Então... então tá, né?

Edito real

Na semana que vem, o príncipe vai ficar noivo de Maria Gomes. Durante toda a semana, haverá cavalhadas, torneios, buchada de bode, vinho de cevada. O povo está intimado a comparecer. Quem não vier, estará sujeito a penas de tortura e prisão. Vida longa ao rei. Vida longa à rainha.

O mancebo donzelo

VOZEIRÃO

— Você é minha noiva. Não é noiva do príncipe.

Houve um grande estrondo e de repente o vozeirão se transformou num mancebo donzelo todo vestido de branco, belo como um pardal esvoaçante.

— Vou desafiar o príncipe para um duelo. Vou matá-lo e depois me caso com você.

Fala, Salomão

Diante de todo o povo, o príncipe e o mancebo donzelo, com suas reluzentes armaduras, montados em valorosos corcéis, estavam prontos para o embate. Foi quando a rainha se ergueu no palanque:

— Não haverá mais duelo. Eu resolvo esta questão assim: quatro vezes por semana, Maria Gomes dormirá com o príncipe. Nos outros três dias, dormirá com o mancebo donzelo. Mas podem trocar o calendário à vontade. Cumpra-se a minha vontade. Palavra de rainha não volta atrás.

O povo deu muitos vivas e aplaudiu. Os três se casaram, tiveram muitos filhos e foram felizes como deus com os anjos.

Compareci ao casamento. Comi e bebi à tripa-forra. Quem quiser que conte outra.

A CIGARRA E A FORMIGA

A formiga trabalhava e trabalhava.
A cigarra folgava e folgava.
— Por que trabalhas tanto assim?
— O inverno.
— Medo?
— Prevenção.
— Medo.
— Quando o inverno chegar...
A cigarra insistia e insistia:
Ai, ai,
formiguinha,
por que ser
tão tolinha?
Ai, ai,
formiguinha,
ainda não entendeu
que o trabalho
é obra de Zebedeu,
é maldição,
não é obra de Deus?
O inverno chegou.

A formiguinha,
exaurida de tanto
esforço,
teve um colapso cardíaco,
morreu.
A cigarra,
de tudo o que ela
deixou,
matreira,
se apossou.
Àquele e aos outros invernos,
sobreviveu.
E feliz,
para todo o sempre,
sem trabalhar viveu.

MAIS VALE METADE DE UM URUBU NA MÃO DO QUE DEZ URUBUS VOANDO

As duas irmãs
Uma era linda. A outra um horror.
Cabelos louros, boca perfeita, corpo divino
tinha a primeira.
Mau hálito, perna torta, intestino preso,
ou, ao contrário, tinha a segunda
constante caganeira.

A surpresa I
Moravam na mesma casa, na floresta.
Dormiam em quartos separados.
Não tinham amantes, não tinham namorados.
Até que uma noite a feia ouviu
suspiros, gemidos apaixonados.
Olhou pelo buraco da fechadura,
viu algo que lhe deixou o sangue gelado:
a irmã trepava com um príncipe encantado.

A surpresa II

Por um tempão ficou sem dormir,
na fechadura o olho grudado.
Queria porque queria descobrir como ele
no quarto tinha entrado.
Então, certa noite,
um enorme urubu na janela pousou.
Depois, na bacia d'água mergulhou,
em príncipe virou.
Príncipe virado,
foi logo agarrando a irmã,
igualzinho a um tarado.

A vingança

Sem a inveja dominar,
a feia de vidro moído
o peitoril da janela besuntou.
O mesmo na bacia fez, de tal maneira
que o urubu no peitoril se cortou.
E também na bacia,
quando para lá voou.
"Ah, ingrata!
Em urubu estava encantado
como castigo.
Mas, com sua maldade,
veja o que você fez comigo:
por mais cem anos,
urubu continuarei,
não mais príncipe serei.
Adeus! Adeus!
Para o meu reino de Acelóis voltarei!"

O bidê
Calma, na moita,
a linda a feia
para o banheiro levou,
e na aguinha do bidê a afogou.

A busca
Depois, a floresta começou a percorrer,
o reino de Acelóis a procurar.
Queria o encantado urubu encontrar.
Conversa de pica-pau ouviu,
conversa de onça pintada ouviu,
conversa de boitatá ouviu,
conversa de caçador ouviu,
conversa de bem-te-vi ouviu,
conversa de urubu escutou:
— Como vai, companheiro?
— Comendo carniça mais ligeiro.
— Novidades?
— Só do urubu real.
— Do reino de Acelóis?
— Ele está mal.
— Não quebrou o encanto?
— Continua em seu canto. Esperando.
— Esperando?
— Uma donzela.
— Donzela?
— Que por ele esteja apaixonada. A ponto de por ele
morrer.
— O que ela deve fazer?

— Virgem deve ser. E ele três gotas de sangue do mindinho dela beber.

— Desencantará?

— Príncipe de novo será. Com ela se casará.

No reino

— Rei, posso o encanto quebrar.

— Pode?

— Com uma condição.

— Condição?

— Rei vai me conceder, de papel passado, metade de tudo o que o reino contiver.

— Homem e mulher?

— Mais o comido e o assado, o santo e o pecador, a abertura e o cadeado, a tristeza e o amor, o liberto e o condenado, a malvadeza e a bondade.

Nó atado

— E a virgindade?

— Fica na saudade.

— Mas...

— Estou disposta a pelo príncipe morrer.

— Mas então...

— Rei o papel assinou.

— Bom...

— Metade do reino e do príncipe urubu agora é meu.

— Mas a virgindade...

Nó desatado

Rei fincou pé e fincou. Ela então sua metade do reino rejeitou, ao rei de volta a entregou. Mas com o encantado urubu foi diferente: pelo meio ela o cortou. E para sua casa na floresta essa metade levou. Até hoje, expectante, lá está, aguardando dos cem anos o transcorrer. Só assim, o encanto quebrado, pelo menos a metade do príncipe para sempre terá a seu lado.

Couro de piolho

A oferta

— Na princesa, sim senhor.
— Piolho?!
— A ama achou. Um só.
— Ah!
— Quando lhe penteava os cabelos.
— E ela?
— Disse que o piolho era até engraçadinho.
— Engraçadinho?!
— Tanto que resolveu criá-lo. Numa caixa.
— Hein?
— Ele, que era piolhinho, virou piolho, virou piolhão.
— E a caixa virou caixinha, virou caixão?
— Aí o rei resolveu tirar partido da situação.

Arauto

Para os do reino
e os de fora do reino
o rei, do alto
de sua majestade,

vem a todos dizer
que foi de sua vontade,
com um couro especial,
uma poltrona do salão real
o forro mandar tecer.
E a fortuna e a mão
da princesa oferta
ao varão que
da origem do forro
fizer a descoberta.

João

Bem longe da cidade morava uma velha que tinha um filho chamado João, meio amalucado, mas esperto. João, sabedor da promessa do rei, resolveu tentar a sorte. A mãe, em vão, procurou fazê-lo desistir. Era loucura. João insistiu e insistiu. A velha então, conformada, preparou-lhe a mochila, e o rapaz ganhou a estrada.

O velho

No meio do caminho, já anoitecendo, parei, a rede armei, fiz o fogo, a carne assei e já ia comer quando ele apareceu. Era muito velho, trêmulo.

— Tou morto de fome.

— Coma à vontade.

— Tou morto de sede.

— Beba à vontade.

— Tou morto de cansaço.

— Durma em minha rede.

— Muito obrigado. Já me fartei. Tenho que ir. Mas você

foi generoso comigo, também com você serei. Fique com estes três fios de minha roupa. Quando precisar, queime um deles que seu desejo vai-se realizar.

A princesa

Salão real. A cadeira está bem no meio do cômodo. Diante dela, a princesa, o rei, a rainha, dignitários. À esquerda, enfileiram-se os pretendentes. Vão até a cadeira, voltam-se para o rei.

— É couro de cobra.

— Não é.

— É couro de rato.

— Não é.

— É couro de lagartixa.

— Não é.

João é o terceiro da fila. A princesa repara nele. *Meu Deus do céu! Vejam só! Mas que bocó! Veste-se tão mal. Deve ser pobre como Jó. E como é feio, esquisito. Quem será este sujeito? Não tem de homem o jeito. Nem de vegetal, nem de animal. Não tem qualquer brilho ou viço. Em vez de gente, acho que ele não passa de um ouriço.*

João ficou roxo de raiva. Tinha adivinhado todo o pensado. Para os fundos do salão se retirou, o primeiro fio da roupa do velho queimou, para a fila voltou.

— De que couro é o forro dessa cadeira?

— É couro de piolho!

— É mesmo. Acertou.

A princesa levou a mão ao coração, exclamou, numa aflição:

— Ai!

A gaitinha

Seguiu-se um jantar durante o qual o rei disse a João:
Para com a princesa
para sempre se unir,
outro preceito
você terá que cumprir.
De manhãzinha,
cem coelhos
para o campo
você vai levar.
E de noitinha
com todos eles deve voltar,
sem nem unzinho faltar.

Só que, assim que no campo se viram, os coelhos se escafederam, sumiram. Então, da roupa do velho queimou João o segundo fio. Uma gaitinha apareceu. Bastou João nela tocar, para cada coelho voltar. Ele mandou que fossem comer, mas retornassem assim que ele chamasse. Depois, debaixo de uma árvore se deitou, até de notinha uma boa soneca tirou.

No palácio, boquiaberto, o rei não acreditava no que via. João mandou que ele contasse e recontasse os coelhos, só de picardia. Foi quando a princesa apareceu, ordenou que ele ao campo com os coelhos retornasse e lá aguardasse. A prova não estava acabada. Novas ordens lhe seriam dadas.

As criadas

Pensamentos da princesa:
Vou os cem coelhos
desinteirar.
Desinteirados,
com tal sujeitinho
não vou mais casar.
Mereço um belo

e rico mocetão,
não esse horroroso
pobretao.
— Compre dele um coelho.
— Sim, princesa.
— Se ele não quiser vender, use de esperteza.
— Sim, princesa.
A criada foi esperta, João mais ainda. Dinheiro não aceitou, o coelho por um beijo lhe entregou. Assim que a viu na estrada se distanciar, a gaitinha pôs-se a tocar. O coelho se debateu tanto e tanto que ela acabou por soltá-lo, não aguentou segurá-lo.

A princesa não desistiu, mandou outra criada cumprir o mandado. A moça foi, mas voltou sem o coelho. João em tudo o proceder anterior copiou. Só que desta vez, dois beijos cobrou.

A princesa se zangou:
Vou eu mesma
resolver a pendenga.
Vocês não passam
de grandes molengas.

A prenda
— Ai, aqui está tão frio...
— Está quente, princesa.
— Tem certeza?
— Hun...
— Ai, aqui está tão escuro...
— Está um dia claro, princesa.
— Tem certeza?
— Hun...
— Ai, aqui está chovendo tanto...
— Está um sol de rachar, princesa.
— Tem certeza?

— Hun...

— Ai, aqui está ventando à beça...

— Nem uma folha se mexe, princesa.

— Tem certeza?

— Hun...

Pausa longa.

— Princesa!

— Hein?

— Por que toda essa conversa?

— Hein?

— O que é que a senhora veio buscar?

— Hein?

— Não veio para um coelho levar?

— Hein?

— Posso muito bem um deles lhe dar.

— Pode?

— Só que uma coisa sua quero receber.

— Quanto vai custar?

— Não é dinheiro.

— Não? Ele não vem sempre em primeiro lugar?

— É uma prenda.

— Que prenda?

— Tem rendinha.

— Tem?

— É uma gracinha.

— É?

— Pequenininha.

— É?

— Cheirosinha.

— Afinal, que prenda é?

— Sua calcinha.

— Oh!

— Se não der, não tem coelho, não tem nada.

— Volto de mãos abanando, como as minhas criadas?

— Hun...

— Oh, oh! — resmungou ela, mas foi para trás de uma moitinha, voltou, entregou a calcinha. Ele lhe deu o coelho e ela partiu. Assim que na curva da estrada sumiu, a gaitinha ele tocou, não demorou muito o coelho voltou.

Princesa lograda, ele os coelhos para o palácio levou. Tinha ganho a parada.

O homem põe; rei dispõe
Amanhã,
a corte vou reunir.
Todos de mim
vão ouvir
que o casamento
se realizará.
E que você,
para provar honradez,
um saco de mentiras
vai encher,
de uma só vez.

O último fio da roupa do velho queimado, João à cerimônia compareceu, preparado.

Salão real repleto, a rainha, a realeza, os serviçais, os convidados, tudo completo, o rei a João um saco entregou:
Agora é só este saco
encher,
custe o que custar.
Não tenha medo,
a ninguém
você deve poupar.
— Por um coelho fujão, a criada da princesa me deu um beijo. É mentira ou não?
— É mentira! Com ela não me fira! — gritou a primeira criada.

— Por um coelho fujão, a criada da princesa me deu dois beijos. É mentira ou não?

— É mentira! Com ela não me fira! — gritou a segunda criada.

— Por um coelho fujão, a princesa minha senhora sua calcinha me deu. É mentira ou não?

— É a maior mentira do mundo! Não acreditem nesse vagabundo!

— Saco cheio, meu senhor.

O rei retrucou, grave:

— Resta agora levar este andor, saber se a princesa por João tem ardor a ponto de com ele se casar, com ele o destino compartilhar.

A princesa para João olhou, amorável, sorriu.

Ele, nem bem aquele sorriso viu, se eriçou, com tanta hipocrisia se revoltou. Por vez derradeira, os poderes do velhinho mágico invocou, a princesa em enorme piolhão transformou, o rei e a rainha em piolhos, em piolhinhos as criadas e toda a corte virou.

Com a fortuna da princesa para junto de sua mãe voltou, e na aldeia uma bela camponesa desposou. Tiveram muitos filhos, foram felizes para sempre.

Dona Aranha e o menino

HERODES
Quero essa criança.
De qualquer jeito.
Revirem a terra,
revirem o mar,
revirem o céu,
revirem o ar.
Não deixem pedra
sobre pedra.
Se não me trouxerem
a criança,
não terão mais primavera,
muito menos outono,
muito menos inverno.
Em vez disso,
terão só o inferno.

MARIA
Não guento mais de
cansaço, Zé.
Meu corpo todo dói,

da costela ao lumbago,
da panturrilha à ponta do pé.

JOSÉ
Sossega o facho, mulher.
Apascenta bem o menino.
Esconde bem o pequenino.
Não deixe ele chorar,
não deixe ele
se esgoelar.
Os soldados de Herodes
não podem nos encontrar.
Se acontecer isso,
vão ao menino empalar.

DONA ARANHA
Se escondam em minha gruta.
Maria descansa,
seu Zé ressona,
o menino se aquieta,
amanhã continuam sua labuta.

JOSÉ
E os soldados?

DONA ARANHA
Teço na entrada da gruta
uma teia tão forte
que não será transposta
por nenhum
filho da puta.

A MÃO DO DESTINO
Dito e feito. Nenhum soldado entrou. Maria, José e o menino em paz descansaram. Só que, de madrugadinha, dona Aranha reparou no quanto o menino era rechonchudo, rosado, gostosinho. Comeu-o. Nos panos que o envolviam, colocou um bonequinho, que sorria, chorava, fazia beicinho.

No dia seguinte, Maria e José seguiram viagem, muito agradecidos à dona Aranha, que lhes dera tanta proteção, tanta solidariedade, tanta coragem.

Maria de Oliveira

O criado

Avisou ao príncipe:

— O que tem que ser, será. Tem muita força, meu senhor.

— Você, mestre em magia, me responda: o casamento se dará?

— Senhor, sua esposa não será essa. Ainda nascerá.

— Isso não me diga.

— O que tem que ser, será. Disso ninguém fugirá.

O príncipe

— Outra conheci.

— A segunda.

— E mais outra.

— A terceira.

— Nenhuma delas será minha parceira?

— O que tem que ser, será. Disso ninguém fugirá.

A filha do aldeão

— Perto de minha cabana, o príncipe vinha todo dia caçar.

E reverências ao príncipe ele não deixava de prestar. Até que um dia, desapareceu. PRÍNCIPE: O que aconteceu? Por que dele ninguém sabe? Nem eu? A mulher do aldeão, grávida, uma criança esperava. E ele a parir a ajudava.

O futuro

PRÍNCIPE: Se nascer agora, o que ela será?
CRIADO: Degolada.
PRÍNCIPE: Se daqui a pouquinho?
CRIADO: Afogada.
Duas horas depois, a criança nasceu.
PRÍNCIPE: Que futuro terá?
CRIADO: Esposa de meu príncipe será.

Imponderáveis razões

O príncipe a custo convenceu o casal a lhe dar a criança. Para o ermo da floresta a levou. Ordenou ao criado:

— Mate a criancinha. Como prova, dela me traga a linguinha.

Ponderáveis razões

O criado não a matou. Em vez dela, num guabiru atirou. E a linguinha dele, como se dela fosse, cortou. A criança acomodou numa cama de folhas, debaixo de uma oliveira. Voltou à presença do príncipe, a linguinha do guabiru lhe apresentou e ele, como se ela fosse a da menina, acreditou.

Razões divinas

Uma velha criada da rainha foi com o marido rezar num pequeno templo da floresta. Em meio à rezação, ouviram vagidos e vagidos. Procuraram e procuraram. Encontraram a recém-nascida. Suspeitando que ela fosse o fruto proibido de nobres concebida, levaram-na, com a intenção de a criar fazendo-a por sua filha passar. E como debaixo de uma oliveira a tinham recolhido, o de Maria mais Oliveira foi o nome para ela escolhido.

A rainha

Minha velha criada pariu?
Não acredito.
Me tragam aqui o criado.
Adivinho,
ele me dirá o dito
e o não dito.

CRIADO: Filho deles ela não é. A esposa do príncipe se destina.
E contou todo o acontecido.
— Meu Deus! O que tem que ser tem muita força! — a rainha exclamou.
E a criança como filha adotou. Assim, o príncipe, além da futura esposa, uma irmã de criação também ganhou.

Rei morto, rei posto

O Rei morreu,
agora o novo
rei sou eu.
Não me preocupam
os negócios do reinado.

A mim mais me preocupa
essa irmã postiça.
Mais a cada dia
meu ódio por ela
mais e mais se atiça.
Por que, afinal,
odiá-la com
tanto desvario?

CRIADO: Rei, qualquer água se transforma em rio.
— Você, mago, sabe por que a odeio tanto assim?
— Ai, pobre de mim.
— Se não disser...
— Se não...
— ...mando pendurá-lo...
— A sorte está cheia de senões.
— ...pelos colhões...
— Rei!
— ...na praça do reinado.
— Rei, não cometi nenhum pecado.
— Então sabe do ódio e do odiado.
— Rei...
— Me dê o risco e o riscado, ou será castigado.
De Maria de Oliveira o criado tudo contou, a ponto de
o rei se determinar:
— Com ela não casarei. Ou faço isso ou rei não serei.
No reino vizinho uma prometida mandou buscar. Ia
outra desposar.

Contravapor

A pretendida estava por um mancebo apaixonada, a ele
dedicava todo seu ardor. Então a ajuda de Maria de Oliveira
buscou:

Não deixe o rei
fazer amor comigo.
Tome o meu lugar.
Durma com ele
no escuro,
de luz apagada.
Faça tudo o
que ele quiser.
Não estrague
nosso trato
por nada.

A surra

Divino foi o sexo que o Rei recebeu. Tão cativo ficou
que, mesmo no escuro, de joias raras o corpo da que julgava
ser sua prometida cobriu. Depois ao quarto da que julgava ser
Maria de Oliveira se dirigiu. E nela bateu e bateu. Tanto que
imaginou ouvi-la dar o gemido fatal. O Rei, como um anjo
dormiu. De Maria de Oliveira livrara-se, afinal.

No dia seguinte, porém, o Rei quase não acreditou no
que viu: a prometida, toda machucada, diante dele se apresentou. Maria de Oliveira, no entanto, sequer apareceu. Descon-
fiado, o Rei, dela à cata, o palácio vasculhou. Num dos salões
a encontrou, diante de um espelho a se contemplar, lampeira,
ostentando, faceira, as joias que na noite anterior julgava à
prometida ter dado.

O Rei a tudo compreendeu. Despachou a prometida,
com Maria de Oliveira se casou.

Felizes para sempre

Casados, ela um lindo bolo lhe preparou.

De glacê, chocolate, coco, néctar, puríssimo açúcar era
o revestimento.

De arsênico, cicuta, mandrágora, chumbinho, soda cáustica era o enchimento. O Rei comeu e comeu. Morreu.

Então, ela o mago criado desposou. Após várias mágicas poções, ele filhos e mais filhos lhe fez. Quase um a cada mês. Hoje, no reino, continuam a reinar, felizes, belos como estrelas num belo céu de verão a brilhar.

QUEM PODE, PODE.
QUEM NÃO PODE SE SACODE

O macaco tinha uma banana.
Uma banana tinha o macaco.
Da mão frouxa do macaco caiu a banana
dentro do oco de um pau d'arco.
"Me dá minha banana. Me dá."
Ouvidos moucos fez o pau d'arco.
O macaco o ferreiro procurou.
"Me corte o pau d'arco, me corte".
O ferreiro nem piscou,
para as súplicas não ligou.
O macaco com o soldado falou:
"Prenda logo, logo o ferreiro."
O soldado não quis.
De tão infeliz, o macaco ao rei recorreu.
Que ele mandasse o soldado prender o ferreiro,
depois mandasse prender o soldado,
depois alguém arranjasse para o pau d'arco cortar
e sua banana libertar.
O rei ia e vinha, vinha e ia
e nada resolvia.
O macaco para a rainha se voltou.

Mas ela, como o rei, para ele não ligou.
O macaco o rato procurou.
Ele que a roupa da rainha roesse,
transformasse tudo num trapo.
O rato, posudo, recusou.
O macaco com o gato falou:
que ele o rato devorasse.
Mas o gato não ligou.
O macaco com o cachorro socorro buscou.
O cachorro lhe disse que engolir o gato
não passava de fugaz tolice.
À onça o macaco recorreu.
"O cachorro não vou comer. Isso não vai acontecer."
Ao caçador para matar a onça o macaco implorou.
"Não, nada pra isso vou fazer. Pode esquecer".
Em desespero, o macaco para a morte apelou.
Ela, com pena dele,
ameaçou o caçador,
que a onça procurou,
que perseguiu o cachorro,
que seguiu o gato,
que apertou o rato,
que a roer a roupa da rainha começou,
que se queixou ao rei,
que ordenou ao soldado
que fosse prender o ferreiro,
que com o machado cortou o pau d'arco
de onde o macaco tirou a banana
e com ela se regalou.

A Bela Adormecida ou
Não fadarei, não mais fadarás

— A rainha velha vira lobisomem.

— Mesmo?

— Toda sexta-feira. De lua cheia.

— Toda?

— Come gente.

— Criancinha?

— E gente adulta.

— E ele?

— O príncipe?

— Quem mais?

— Sofre.

— Como filho?

— Mais ainda.

— Faz o quê?

— Procura consolo.

— Consolo?

— Na floresta.

— Hein?

— Com o velhinho.

— Aqui, ó príncipe, floresce a couve e a alface. Aqui, ó príncipe, floresce o rosto e a face.
— Face de quem? Da mãe que não posso alcançar?
— Face de quem você pode de tudo salvar.
— Salvar?
— Na floresta... existe um lugar encantado.
— Encantado?

O bisavô do velho contou ao avô do velho, que contou ao pai do velho, que contou ao velho, que contou ao príncipe, que contou ao mundo.
— O quê?

NO REINO ENCANTADO

RAINHA
Ai,
que me adianta
ter a flor mais linda,
a begônia, a magnólia,
a orquídea,
de todas elas a glória?

REI
Se delas não tens
o pólen,
se com a gente
tudo morre,
de nós nem
rei nem rainha
vai nascer,
se, de nós,
tudo vai fenecer?

Mas um dia a rainha pariu a mais bela criança que o mundo já viu. Menina era, princesa seria. Assim estava satisfeita a corte, a realeza, o rico, a pobreza, o sonho, a fantasia. Todas as fadas para o batismo foram convidadas. Vieram as fadadas e as não fadadas, as solteiras e as casadas. Só não veio a mais velha.

— Por quê?

— Não foi convidada.

— Por quê?

— Era peidorreira. E enfezada.

Só que a enfezada fada um jeito encontrou de entrar, atrás de um reposteiro no salão deixou-se restar, de lá pôs-se a tudo ver, sem de nada um mínimo átimo perder.

A FADAÇÃO

— Que esta princesinha tenha sempre os lábios do carmim mais puro.

— Que esta princesinha tenha sempre os peitos durinhos, acetinados, no presente, no passado, no futuro.

— Que esta princesinha seja rica como um tesouro, bela como a luz, matreira como a raposa, dadeira como na cerca o chuchu, forte como belzebu.

— Ah! Ah! Ah! — fez a fada Peidorreira. — Vocês já fadaram, agora fado eu. E o que eu fadar não pode se modificar, porque fado por derradeiro. Pouco tempo viverá a menina. Quando quinze anos completar, sua mão com um fuso de fiar algodão ferirá. E morrerá.

— Ih, ih, ih! — ouviu-se de repente.

— Quem era?

— A fada Fedidinha.

— Fedidinha?!

— Saída da pocilga.

— Estava rindo?

— Da Peidorreira zombando.

— Podia?
— De sua maldade.
— Podia?
— Ia fadar por último.
— Fadou?
— A princesinha salvou.
— Mesmo por um bilro furada, a princesinha vai viver, adormecida embora, à espera do belo príncipe que do sono de cem anos a tirará para fora.

NA FLORESTA OU A TRAVESSIA

Capim, capoeira, capinzal, canavial
o príncipe pisou.
Rios, riachos, regos, ribeiras
o príncipe atravessou.
Fogo, fumaça, fogueira, fagulhas
o príncipe encarou.
Tempestade, tufão, tormenta, tornado
o príncipe enfrentou,
até chegar ao palácio encantado.

FLASHBACK

O rei, por decreto,
proibiu que em todo
o reino se fiasse.
Sem fiados,
a vida no reino correu
calma, remansosa,
todo mundo de olho na princesinha,
para ela evitando
qualquer rebordosa.

Mas a princesinha, além de linda, muito bonitinha, era, como toda adolescente, uma boa filha da putinha. Em vez de no seu cantinho sossegar, ficava o tempo todo pelos 1334 cômodos do palácio a zanzar. Foi assim que num deles viu uma fiandeira, às escondidas, fiar. Os olhos arregalados, pôs-se a tudo examinar.
Foi aí que o bilro viu.
Extasiada se sentiu,
as mãos por todo ele correu,
o sangue todo se lhe ferveu,
o espírito desvaneceu,
o mundo sumiu e apareceu,
a luz apagou e acendeu.
O bilro então
a princesinha furou.
— Ai! — gemeu ela.
E para trás, como morta,
durinha caiu.
A fada Fedidinha apareceu,
fadou, a todos no castelo encantou.
E até hoje lá estão,
juntos com a princesinha,
à espera do príncipe
para os libertar da encantação.

A SALVAÇÃO

Ai, como esse bem
demorou a chegar!
Eu já nem sei
se terei no olhar
toda a ternura
que eu quero lhe dar!

Dar, ela deu.
E tanto
que logo um filho,
de nome Belo Dia,
lhes nasceu.
E depois uma filha,
de nome Bela Aurora,
o sucedeu.

A DANAÇÃO

A rainha velha
via Belo Dia crescer,
rosadinho, rechonchudo,
e só pensava
em com ele encher
o pandulho.
A rainha velha
via Bela Aurora
ficar a cada dia
mais gordinha,
mais apetitosa.
Sua boca se enchia d'água
só de pensar naquela
carne tenrinha, gostosa.
A rainha velha
via a carne já madura da princesinha,
pensava no sangue que a regaria,
e não via a hora
em que todo ele sugaria.
Assim os dias no palácio transcorriam,
na superfície venturosos,
no fundo soturnos, tortuosos.

A DEGLUTIÇÃO
Desse jeito tudo continuou
até que, certa ocasião,
o príncipe saído para caçar cervos,
a rainha velha os três prendeu.
Alimentou-os a pão de ló,
fê-los comer sem dó,
queria-os sacudidinhos
para degustá-los todinhos.
No alvorecer do quarto dia,
logo de manhãzinha,
levou-os para o pátio do palácio,
amarrou-os em estacas,
debaixo delas fez montinhos de capim
para, depois de sugá-los, assá-los.
Foi quando, de inopino,
o príncipe, voltado da caçada, surgiu.
Revoltado com o que viu,
terrível grito deu,
sobre a mãe pulou,
a cabeça dela cortou,
todo o seu sangue, todinho, chupou.
Gostou.
Belo Dia e Bela Aurora
já estavam mortos,
mas com o sangue intocado, intacto.
Ele, com muito tato,
lhes cortou da garganta a veia,
aquela que entre o pescoço
e a cabeça permeia,
e dos dois, um a cada tempo,
o sangue por inteiro sugou.
Mais ainda apreciou.
Enfim, para a princesinha se voltou,
e dela sem um ai,

o coração lhe arrancou.
Pulsante, ensanguentado o devorou.
Saciado, no entanto, não estava.
Alguma coisa lhe faltava.
Foi quando o foguinho acendeu,
os quatro nele cozeu
e tanto deles se fartou que se besuntou.
O dia já clareando, lasso se sentiu.
Debaixo de uma jaqueira
se acomodou, o corpo estirou.
Deu longo bocejo,
leve arrotinho, discreto peidinho.
Logo se viu envolto
por gostoso soninho.
E lá permaneceu,
o dia inteiro, inteirinho,
agora por sono pesado tomado.

AS TRÊS VELHAS OU
COMO SER RICA E FELIZ

— Só pensava nisso.

— Casar a filha?

— Que mais?

— Era bonita?

— Assim, assim.

— Jovem?

— Assim, assim.

— Prendada?

— Bom...

— Prendada?

— Bem...

— Rica?

— Bom...

— A mãe...

— Qué que tem?

— Descobriu um bom partido.

— Lugar pequeno, cidade pobre...

— Pois é.

— Quem?

— Dono de armarinho.

— Rico?

— O melhor da cidade.
— E daí?
— Um dia ouviu-o dizer...
— Dizer?
— Que só se casaria com a melhor fiandeira da região.

A mãe comprou enorme quantidade de linho, garantiu a ele que no dia seguinte o trabalho estaria pronto. Sua filha era inigualável na arte de fiar.

— Era?
— Ia todas as madrugadas à Missa das Almas.
— Bom, o que isso tem a ver...
— Lá sempre encontrava três velhas beatas que sempre a cumprimentavam.
— Escuta, o que isso tem a ver...

A moça chorava. A primeira velha:
— Chora por que, minha filha?
— Minha mãe quer que eu fie todo este linho.
— E daí?
— Até amanhã de manhã.
— E daí?
— Não consigo.
— Fio pra você.
— Fia?
— Com uma condição.
— Condição?
— No seu casamento, me chame três vezes de tia.

— Fiou?
— Fiou.
— E o comerciante?
— Exultou.

À mãe fez nova encomenda. A segunda velha fiou. Com a mesma condição. De novo o comerciante exultou. O mesmo com a terceira velha. Então o comerciante com a moça casamento marcou.

AS VELHAS

Eram moças donzelas, filhas de príncipe. Belíssimas. Fiavam como deusas. Só que, muito convencidas, isso não escondiam de ninguém. A ponto de dizer que eram melhores do que a feiticeira fiandeira-mor do reino.

— Melhores do que eu?!
— Garantem.
— Mesmo?
— De pés juntos.

Furiosa, a feiticeira as procurou:

— Faremos uma prova.
— Um desafio?

O povo julgou, as três venceram, a feiticeira fiandeira se vingou: transformou-as em velhas engelhadas, iguais a aranhas tecelãs, que para os confins do reino mandou.

Acontece que um mago, inimigo da feiticeira fiandeira, às escondidas ensinou as três a do feitiço se livrar: bastava que encontrassem uma moça prestes a se casar, que a cada uma delas, por três vezes, chamasse de tia.

O CASAMENTO

A primeira velha chegou, cumprimentou a moça, que nada respondeu. Assim foi com a segunda, assim foi com a terceira. A moça as levou para um dos cantos da sala. As três lá ficaram, encolhidas, três aranhas no canto encolhidas. De repente, um grande sapo verde e grande do nada apareceu, as três engoliu. Os convidados aplaudiram e aplaudiram. Houve um grande estrondo, o sapo se transformou na feiticeira fiandeira-mor do reino.

Os noivos se casaram. A feiticeira fiandeira-mor passou só para eles a fiar. E tanto e tão bem fiou que logo eles se transformaram nos maiores tecelões do reino. Enriqueceram, tiveram muitos filhos, foram felizes para sempre.

As joias da coroa ou
Marrecos e perdizes

O rei e a rainha eram muito teimosos. Viviam às turras. Certo dia, um bando de pássaros cobriu o céu do reino.

— São marrecos — disse o rei.

— Perdizes — ela disse.

Eram marrecos.

— Perdi.

— E...

— Ele me jogou dentro de um barquinho. Ele jogou o barquinho dentro do mar. Castigo.

— Castigo?

— Minha teimosia.

— Ela estava grávida.

— Que rei mais filho da puta!

— Oito meses.

A travessia
  O mar o barquinho
  prum lado e pro outro
  jogou e jogou.
  Prum lado e pro outro
  o barquinho no mar

rolou e rolou.
Tempestades
enfrentou,
calmarias,
por dias e dias
ao léu andou,
até que em pequena
ilha arribou.

— Nessa ilhota eu nasci.
E lá cresceu.
— Mãe, o mundo quero conhecer.
— Tem razão. Você já é um belo mocetão.
Tomou um navio, aprendeu do mar, do sol, da terra, do
luar. Só não aprendeu do amor e da dor.

Do amor I: O peixe dourado
Do mar um
grande peixe saltou.
— Saltou?
O ar riscou,
no dorso
o sol faiscando.
— O rapaz buscava?
Com forte rabanada,
em cima dele atirou
metade de uma coroa.
Depois mergulhou,
para o fundo do mar voltou.

— Que joia mais bela. Deve valer mais que um boi, mais
que uma boiada.
— Não vale. Só com a outra metade. Senão, não fico
com ela, não compro nada — disse o rei, a proposta do comandante do navio recusando.

— O rapaz se importou?

— Desço até o fundo do mar. Acho a outra metade. Dou três puxões na corda. Me puxem de volta. Vou enricar.

Do amor II
A floresta no fundo do mar: fechada, lúgubre, amedrontadora como a vida, como a morte atormentadora.
O dragão furioso: Satã, o Mal, o Tinhoso, das Trevas o Iluminado, o Poderoso.

A princesa
Ai, ai,
do dragão
sou cativa.
Ai, ai,
todo dia
ele me castiga,
me sufoca,
me come,
como pau de arara
come tapioca.
Ai, ai,
não aguento mais
tamanha piroca.
O Rei,
meu pai,
ele matou.
A coroa e as joias
do reino
roubou.
Na floresta
me prendeu.

Me liberte,
me liberte,
amado meu.

— E deu a ele um machado de prata.
— Machado?
— Para a árvore da vida do dragão cortar.
— Cortar?
— Só assim o dragão morreria, a outra metade da coroa
e as outras joias ele recuperaria, o amor da donzela teria.
— E ele?

A refrega
Ah!
Que tremenda luta
com o dragão
travei.
Ah!
Para baixo,
para cima,
ele me levou,
eu o levei.
Ah!
Foi de um só
golpe que o pescoço
dele cortei.
E a árvore
da vida dele
derrubei.

A desdita
Houve um enorme estrondo. Todo o fundo do mar estremeceu. Quando a poeira baixou, ele para ela falou:
— As joias vou mandar para o navio.
— As joias?
— Elas primeiro.
— Não!
— Depois você.
— Não!
— Por quê?
— Você primeiro.
— Por quê?
— Com as joias e comigo o comandante vai ficar...
— Vai?!
— ...e com o rei negociar.
— Ah, ah!
— No fundo do mar vai te deixar.
— Ah, ah!
— Você ri?
— Que me pelo.
— Não acredita?
— O comandante é meu padrinho.
— E daí?
— Não vai me fazer passar por essa desdita.
Fez.

A dor: a volta do peixe dourado
— Pelo dragão fui encantado.
— Você também?
— Sou príncipe no meu reinado.
— Você também?
— Meu encanto está escondido.

— Onde?

— No oco do pau da árvore que você cortou. Se eu o comer...

— Se comer?

— De peixe em pássaro me torno. Voo para meu reino. Lá, a ser príncipe retorno.

— Eu lhe mostro onde escondi o pau.

— Mostra?

— Com uma condição.

— Qual?

— Quando você virar pássaro, me leve, me tire do fundo do mar, me livre desse inferno.

— Como o sol acaba com o inverno.

— A princesa vou rever, com ela me casar, para sempre ao seu lado viver.

— Tenha só um cuidado.

— Que cuidado?

— Não colha dessa árvore o fruto.

— Por quê?

— Nem queira saber. Repito: cuidado.

— Vou ter. Juro. Está jurado.

— Agora me mostre o pau. O oco vou devorar. Amanhã volto pra te buscar.

A tentação
Que fruto
será esse?
Colhê-lo-ei?
Esquecê-lo-ei?
Se o colher,
que me acontecerá?
Virarei um sapo?
Reles escaravelho?
Ou no saco

de um gambá
voraz percevejo?
Se não o colher,
a incerteza,
qual infausta
caganeira,
jamais me deixará.
Ah!
Sinto-me
igual a Eva
no Paraíso.
Se ela não comesse a maçã,
quem no pescoço
da serpente
colocaria o guiso?

Quando o peixe dourado, em pássaro virado, veio buscá-lo, o rapaz não era mais o rapaz esperado. Era um anãozinho todo enrugado, com cara de velhíssimo veado, caolho e desdentado, o fiofó encolhido, chupado.

No reino: A oferta
— O rei dará grande riqueza e poder a quem fizer rir a princesa que não ri. Alguém se apresenta?
— Eu.
— Tão anãozinho e tão velhinho?
— Tiro do coração da princesa quanto riso eu quiser.
— Vou confiar. Se não conseguir, mando te matar.
— Tem um porém.
— Porém?!
— Exigência.
— Petulância!
— Além do rei e da princesa, toda a corte deve estar presente.

— Só?

— E o comandante do navio.

— Só?

— E o carrasco real.

— Só?

Diante de toda a corte, o anãozinho a descida ao fundo do mar, a floresta, a luta contra o dragão contou. A princesa deu um grito, abriu-se num riso aflito, depois o mais fundo pranto a dominou.

Diante de toda a corte, o anãozinho a aposta entre o rei e a rainha, a viagem do barquinho, seu nascimento na ilha, o acontecido à rainha narrou. O rei deu um grito aflito, fugir tentou. O carrasco não deixou, com o machado de prata sua cabeça cortou.

Diante de toda a corte, o anãozinho a descoberta das joias, a compra delas e da princesa pelo rei, a traição explicou. O comandante deu um grito aflito, fugir tentou, o carrasco o buscou, com o machado de prata sua cabeça decepou.

A princesa ao anãozinho:

— Como foi que assim você ficou?

O fruto da árvore ele lhe entregou. Ela, com toda força, no mar, bem fundo, o atirou. Na mesma hora, o anãozinho no belo mocetão de sempre se tornou.

Casaram-se.

A velha rainha na ilhota mandaram buscar. Entre filhos e netos estão, para sempre, a reinar, felizes. No inverno, caçam marrecos. No verão, caçam perdizes.

A PRINCESA SERPENTE OU
EVA, A TRAIÇOEIRA

DIABO
Já disse.
E por última
vez, repito:
se você se casar,
por todo um ano
numa serpente negra
vai-se transformar.

PRINCESA
E o meu noivo?

DIABO
Que sei eu?
Você era cobiçada
por Zebedeu.
Desprezou-o.
Esse castigo ele lhe deu.

A ESCOLHIDA

As concorrentes

— Magina, mãe. Aquela princesa. Me mostrou o palácio, toda sua riqueza. Na hora do almoço, me serviu um fígado de galinha! Que princesa mais mesquinha!

— Magina, mãe. Aquela princesa. O palácio todo pra mim abriu. Era luxo e riqueza como nunca se viu. Mas na hora do almoço, metade de um fígado de galinha me serviu. Pode existir princesa mais vil?

— Magina, mãe, que maravilha de princesa. Me mostrou o palácio, toda sua realeza. No almoço, um terço do fígado de uma galinha me serviu. Onde tanta gentileza já se viu?

O pacto

— Você é a minha cara, cuspida e escarrada. Vai-se casar com o príncipe, meu noivo, mas pra ele não vai dar. Durante todo um ano. Até eu voltar. Jura?

— Juro sobre a cruz. Sobre o corpo morto de Jesus.

A viração

A princesinha em serpente se transformou, no matinho se abrigou. A outra, mais que depressa, no matinho fogo tacou, a serpente esturricou.

Casou-se. Com o príncipe muito trepou. Muitos filhos, reis e rainhas, no mundo botou. Quando morreu, Belzebu no inferno não a quis receber. Mandou que ela no céu fosse viver.

A RAINHA E AS IRMÃS OU
SAPOS, SAPINHOS E SAPÕES

As irmãs
— Se eu me casasse com o rei, fazia pra ele uma camisa que caberia na palma da mão. E quando ele a vestisse, ia ficar todo coberto — disse a mais velha.
— Se eu me casasse com o rei, tecia e bordava uma camisa que caberia dentro de um ovo de pomba, e aberta forraria uma cama — disse a do meio.
— Pois se eu me casasse com o rei, teria três filhos: dois meninos e uma menina, todos com uma estrela de ouro no meio da testa — disse a mais nova.

REI
Foi com essa que me casei. E convidei as outras duas para ficar morando no palácio, como princesas.

O macabro canto
O rei ela nos roubou.
E agora engravidou.
Feliz está

por assim
nos humilhar.
Só que as coisas
desse jeito
não vamos deixar.
Vamos dela
nos vingar.

A troca

Lindo como o sol, uma estrela na testa, o menino nasceu. As irmãs más o trocaram por um sapo horroroso.

A CRIADA
Deram-lhe a criança. Ordenaram que a matasse. Era só jogá-la no mar. A criada não teve coragem.

O CAÇADOR
Encontrou o menino abandonado na floresta. Levou-o para criar.

O PAI
O rei voltou da guerra. Viu o sapo, chorou e chorou. Mas perdoou a rainha. E, antes de partir para outra guerra, outro filho lhe plantou.

O segundo filho

Vide parágrafos anteriores.

A primeira filha

Idem, ibidem.

2ª PARTE

A virada

O rei, voltado de mais uma guerra, cansado de ver sapos em vez de filhos, não perdoou mais a rainha. Expulsou-a do reino. Só que, por ela apaixonado, jurou nunca mais ir a uma festa e sempre se vestir de branco.

A criação

Crescidinhos, os três filhos do rei. Os dois meninos iam à caça com o caçador. A menina fazia o trabalho doméstico.

A curiosidade

Certa vez, o caçador e os dois meninos se detiveram diante de escura estradinha.

— Pra onde vai?

— Para a Fonte da Água da Vida. Os que lá foram **de lá** nunca voltaram.

— Pois eu lá vou e de lá volto — gabou-se o mais velho. Só que, por via das dúvidas, pediu ao mais moço que o fosse buscar, se em 7 dias não retornasse.

As estátuas de pedra

No caminho sentiu fome, no caminho sentiu sede. Comeu do fruto das árvores, bebeu das águas dos riachos. Em três tempos, em estátua de pedra virou.

O irmão mais moço também no caminho sentiu fome, também no caminho sentiu sede, também do fruto das árvores comeu, das águas dos riachos bebeu, também em três tempos em estátua de pedra se transformou.

A água da vida

— Vou, vou e vou — bateu o pezinho a menina. Levava um pão seco e um cabacinho com água. Andou e andou. Sentiu fome, sentiu sede. Comeu do pão, bebeu do cabacinho. Chegou a um palácio que era um horror de grande. Nele não havia viv'alma, só uma porção de estátuas a rodeá-lo. À sua frente, uma fonte de água fervente com a água da vida. Encheu com ela o cabacinho. Já se aprontava para voltar quando deu com duas estátuas que eram a cara de seus dois irmãos. Borrifou-as com a água da vida, a pedra estremeceu, os dois irmãos voltaram a ser gente.

3ª PARTE

A velha

— Ai, que mau dinheiro foi aquele que eu ganhei pra matar as crianças que eu não matei. Tudo de mim a Deus entreguei. Ai, custou. Como custou. Até que um dia fui recompensada, ele me recompensou.

Era de manhãzinha quando ela, tropicante, a uma cabana na floresta chegou. Convidaram-na para o café. À mesa, dois donzelos, uma donzela. Estrelas faiscavam na testa dos três.

A rainha

— São filhos da rainha. Por minha culpa, ela hoje vive num convento, lavando o chão e comendo de favor.

O rei

Estava cego de tanto chorar. Os médicos não lhe davam qualquer esperança. Aguardavam o milagre de alguém lhe levar o remédio que o pudesse curar.

A água da vida II

Os dois donzelos e a donzela entraram no salão real, as estrelas rebrilhantes na testa. As más irmãs os reconheceram. Atiraram-se pela janela. A donzela pingou gotas da água da vida nos olhos do rei. Ele ficou bom. Mandou buscar a rainha. Destinou a ela e aos filhos uma ala inteira do castelo.

A outra ala ficou para ele. Nela, vivia, em meio a uma sapona, a sapos, sapinhos e sapões, feliz da vida, como qualquer um de nós, toda vez que na loteria ganha milhões.

A GATA BORRALHEIRA

— A madrasta era uma peste.
— Ela a culpada.
— Culpada?
— Aguentava os maus tratos.

BORRALHEIRA
Que fazer, que fazer?
Tudo ao meu
querido pai dizer?
Sua felicidade
comprometer?
Que fazer, que fazer?

— Acontece que ele já sabia.
— Sabia?
— E não fazia nada.
— Não?
— E tudo sem falar nas duas irmãs postiças.

1ª IRMÃ
— Passa de novo o meu vestido. Você não sabe fazer nada.

2ª IRMÃ
— Você não sabe fazer nada. A comida está horrível. Faça de novo.

— E ela? Continuava sem se revoltar?
— Ora... conformada.
— Idiota.
— Até que um dia...

ARAUTO
— Por ordem de sua majestade, o príncipe real, fica decretado que haverá uma semana inteirinha de bailes no salão azul turquesa do palácio. Estão convidadas todas as donzelas da corte.

— Só a Borralheira não foi.
— As irmãs não deixaram?
— E também não tinha vestido. Só andrajos.

MADRINHA
Não chore assim. Eu dou um jeito.

— Deu?
— Era uma fada.
— Deu?
— Transformou-a na mais bela donzela do baile.

MADRINHA
Venha embora antes da meia-noite. Se não, o encanto
se quebra e...

— E assim foi. Só que na segunda noite...
— Ela se esqueceu da hora?
— Saiu em disparada tão grande que...
— Perdeu um dos sapatinhos.
— Ué, você já sabia?
— Quem não?
— Aí, o príncipe, já apaixonado...
— ...mandou que se procurasse por todo o reino a dona
do sapatinho.
— Você já sabia de novo?
— Experimenta que experimenta, o sapatinho coube
direitinho no pezinho da Gata Borralheira.
— O príncipe com ela se casou e...
— Antes ela mandou enforcar o pai, empalar a madras-
ta, cortar a língua, os pés e as mãos das irmãs postiças.
— ...e foram felizes para sempre.

Esta obra foi composta em Minion 11/13,1.
Impressa com miolo em offset 75g e capa em cartão 250g,
por Createspace/ Amazon.

Helen R. Davis (Ed)

First Breath - 2010 Savant Anthology of Poems
Zachary M. Oliver (Editor)
72 pp. 5.25" x 8" Softcover
ISBN 978-0-9845552-2-2

Twenty-nine poems by ten outstanding poets and writers selected for their outstanding merit, including Helen Doan, Erin L. George, Jack Howard, Daniel S. Janik, Scott Mastro, Zachary M. Oliver, Francis H. Powell, Gabjirel Ra, V. Bright Saigal and Orest Stocco.

Helen R. Davis (Ed)

Wavelengths - 2011 Savant Poetry Anthology
Zachary M. Oliver (Editor)
102 pp. 5.25" x 8" Softcover
ISBN 978-0-9829987-6-2
Thirty-eight poems by sixteen outstanding poets and writers includ-
ing Four Arrows, Penny Lynn Cates, J. R. Coleman, Nadia Cox,
Helen Doan, Erin L George, IKO, Daniel S. Janik, Vivekanand Jha,
A. K. Kelly, Zachary M. Oliver, Cara Richardson, Michael Shorb,
Jason Sturner, Jean Yamasaki Toyama and Jeremy Ussher.

LONDON BOOK FESTIVAL AWARD

Fifty-Eight Stones - 2012 Savant Poetry Anthology
Daniel S. Janik (Editor)
128 pp. 5.25" x 8" Softcover
ISBN 978-0-9852506-5-2

Thirty-four outstanding poems by eleven exceptional and many award-winning poets including Shawn Canon, Nadia Cox, Helen Doan, David Gemmell, Richard Hookway, Daniel S. Janik, Vivekanand Jha, Doc Krinberg, Julie McKinney, Francis Powell and Jean Yamasaki Toyama.

Helen R. Davis (Ed)

Bellwether Messages - 2013 Savant Poetry Anthology
Daniel S. Janik (Editor)
134 pp. 5.25" x 8" Softcover Pocketbook
ISBN 978-0-9886640-4-3

Thirty-two selected poems by fourteen outstanding poets including Tender Bastard, Shawn P. Canon, Natascha Hoover, IKO, Daniel S. Janik, Vivekanand Jha, Thomas Koron, Doc Krinberg, Cathal Patrick Little, Peter Mallett, Emma Myles, Ken Rasti, Uhene' and Ashley Vaughan.

LONDON BOOK FESTIVAL AWARD

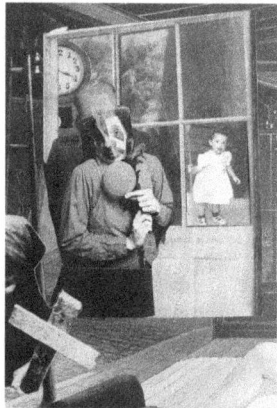

Edited by Suzanne Langford

Volutions - 2014 Savant Poetry Anthology
Suzanne Langford (Editor)
146 pp. 5.25" x 8" Softcover Pocketbook
ISBN 978-0-9915622-1-3

Thirty-six exceptional poems by fourteen outstanding poets including Noemi Villagrana Barragan, Elsha Bohnert, Hans Brinckmann, Helen R. Davis, K. Lauren de Boer, Duandino, Lonner F. Holden, Daniel S. Janik, Kaethe Kauffman, Suzanne Langford, Lucretia Leong, C. P. Little, Leilani Madison and Lady Mariposa.

LA, LONDON, PARIS and PACFIC RIM BOOK FESTIVAL AWARDS

Helen R. Davis (Ed)

Running from the Pack - 2015/16 Savant Poetry Anthology
Helen R. Davis (Editor)
100 pp. 5.25" x 8" Softcover
ISBN 978-0-9963255-5-4

Thirty-five selected poems by fifteen outstanding poets including Dylan DiMarchi, Teuta S. Rizaj, Uhene, Marianne Smith, Danny Smith, Manal Hamad, Thomas Koron, J. Okajima, A. G. Hayes, Kelsea Kennedy, C. P. Little, Helen R. Davis, Doc Krinberg, Kaethe Kauffman and Daniel S. Janik.

PACFIC RIM BOOK FESTIVAL AWARD

*If you enjoyed **Shadow and Light**, consider these other fine poetic works from Savant Books and Publications:*

Savant Poetry Anthologies:

First Breath (2010) edited by Z. M. Oliver
Wavelengths (2011) edited by Zachary M. Oliver
Fifty-Eight Stones (2012) edited by Daniel S. Janik
Bellwether Messages (2013) edited by Daniel S. Janik
Volutions (2014) edited by Suzanne Langford
Running from the Pack (2015/16) edited by Helen R. Davis

Savant Poetry Collections:

Footprints, Smiles and Little White Lies by Daniel S. Janik
The Illustrated Middle Earth by Daniel S. Janik
Last and Final Harvest by Daniel S. Janik

Aignos Poetry Collections:

Iwana by Alvaro Leiva
Prepositions by Jean Yamasaki Toyama

Helen R. Davis (Ed)

...as well as these other fine books from Savant Books and Publications:

Essay, Essay, Essay by Yasuo Kobachi
Aloha from Coffee Island by Walter Miyanari
Footprints, Smiles and Little White Lies by Daniel S. Janik
The Illustrated Middle Earth by Daniel S. Janik
Last and Final Harvest by Daniel S. Janik
A Whale's Tale by Daniel S. Janik
Tropic of California by R. Page Kaufman
Tropic of California (the companion music CD) by R. Page Kaufman
The Village Curtain by Tony Tame
Dare to Love in Oz by William Maltese
The Interzone by Tatsuyuki Kobayashi
Today I Am a Man by Larry Rodness
The Bahrain Conspiracy by Bentley Gates
Called Home by Gloria Schumann
Kanaka Blues by Mike Farris
First Breath edited by Z. M. Oliver
Poor Rich by Jean Blasiar
The Jumper Chronicles by W. C. Peever
William Maltese's Flicker by William Maltese
My Unborn Child by Orest Stocco
Last Song of the Whales by Four Arrows
Perilous Panacea by Ronald Klueh
Falling but Fulfilled by Zachary M. Oliver
Mythical Voyage by Robin Ymer
Hello, Norma Jean by Sue Dolleris
Richer by Jean Blasiar
Manifest Intent by Mike Farris
Charlie No Face by David B. Seaburn
Number One Bestseller by Brian Morley
My Two Wives and Three Husbands by S. Stanley Gordon
In Dire Straits by Jim Currie
Wretched Land by Mila Komarnisky
Chan Kim by Ilan Herman

Shadow and Light

Who's Killing All the Lawyers? by A. G. Hayes

Ammon's Horn by G. Amati

Wavelengths edited by Zachary M. Oliver

Almost Paradise by Laurie Hanan

Communion by Jean Blasiar and Jonathan Marcantoni

The Oil Man by Leon Puissegur

Random Views of Asia from the Mid-Pacific by William E. Sharp

The Isla Vista Crucible by Reilly Ridgell

Blood Money by Scott Mastro

In the Himalayan Nights by Anoop Chandola

On My Behalf by Helen Doan

Traveler's Rest by Jonathan Marcantoni

Keys in the River by Tendai Mwanaka

Chimney Bluffs by David B. Seaburn

The Loons by Sue Dolleris

Light Surfer by David Allan Williams

The Judas List by A. G. Hayes

Path of the Templar—Book 2 of The Jumper Chronicles by W. C. Peever

The Desperate Cycle by Tony Tame

Shutterbug by Buz Sawyer

Blessed are the Peacekeepers by Tom Donnelly and Mike Munger

The Bellwether Messages edited by D. S. Janik

The Turtle Dances by Daniel S. Janik

The Lazarus Conspiracies by Richard Rose

Purple Haze by George B. Hudson

Imminent Danger by A. G. Hayes

Lullaby Moon (CD) by Malia Elliott of Leon & Malia

Volutions edited by Suzanne Langford

In the Eyes of the Son by Hans Brinckmann

The Hanging of Dr. Hanson by Bentley Gates

Flight of Destiny by Francis Powell

Elaine of Corbenic by Tima Z. Newman

Ballerina Birdies by Marina Yamamoto

More More Time by David B. Seabird

Crazy Like Me by Erin Lee

Cleopatra Unconquered by Helen R. Davis

Valedictory by Daniel Scott

...and these from our new imprint, Aignos Publishing:

The Dark Side of Sunshine by Paul Guzzo
Happy that it's Not True by Carlos Aleman
Cazadores de Libros Perdidos by German William Cabasssa Barber [Spanish]
The Desert and the City by Derek Bickerton
The Overnight Family Man by Paul Guzzo
There is No Cholera in Zimbabwe by Zachary M. Oliver
John Doe by Buz Sawyers
The Piano Tuner's Wife by Jean Yamasaki Toyama
Nuno by Carlos Aleman
An Aura of Greatness by Brendan P. Burns
Polonio Pass by Doc Krinberg
Iwana by Alvaro Leiva
University and King by Jeffrey Ryan Long
The Surreal Adventures of Dr. Mingus by Jesus Richard Felix Rodriguez
Letters by Buz Sawyers
In the Heart of the Country by Derek Bickerton
El Camino De Regreso by Maricruz Acuna [Spanish]
Diego in Two Places by Carlos Aleman
Deep Slumber of Dogs by Doc Krinberg
Prepositions by Jean Yamasaki Toyama

Coming Soon:
Saddam's Parrot by Jim Currie
Chang the Magic Cat by A. G. Hayes
Beneath Them by Natalie Roers

Aignos Publishing | an imprint of Savant Books and Publications
http://www.aignospublishing.com